学生国学丛书新编

主编 王 宁
顾问 顾德希

柳宗元文

胡怀琛 选注
刘兴均 校订

创于1897 商务印书馆 The Commercial Press
2018年·北京

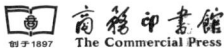

学生国学丛书新编

主　　编：王　宁
顾　　问：顾德希
特约编辑：洗　石
审 稿 组：党怀兴　董婧宸　凌丽君
　　　　　赵学清　周淑萍　周玉秀

总序之一
——在阅读中走近中华优秀传统文化

王 宁

王云五、朱经农主编的《学生国学丛书》，是一套为中学生和社会普及层面阅读古代典籍所做的文言文选本。它隶属在王云五做总主编的《万有文库》之下，1926年开始陆续由商务印书馆出版。20世纪20年代开始策划时，计划出60种，后来逐渐增补，到1948年据说已经出版了90种；因为没有总目，我们现在搜集到的仅有71种。由于今天弘扬中华优秀传统文化和提高文言文阅读能力的社会需要，我们决定对这套丛书进行适应于现代的加工编辑，将它介绍给今天的读者。

在推介这套丛书的时候，我们保存了原编的主要面貌：选书与选篇基本不变，将原书绪言保留下来，每篇选文原注所选的注点，也作为这次新编的重要参考。这样

总序之一

做是为了尽量借鉴前贤的一些构思和作法，并保留当时文言文阅读水平的基本面貌，作为今天的参考。

《学生国学丛书》是本着商务印书馆"昌明教育，开启民智"的一贯宗旨编选的，阅读群体应当主要是当时的中学生。20年代的中学生阅读文言文的水平显然比今天高一些，因为那时阅读文言文的社会环境与现在不同，虽然白话文已经通行，但书信、公文、教科书和报刊中，都还保留了不少文言文。国文课的师资，很多也是在国学上有一些根柢的文士。在知识界和语文教育界，文言文阅读还不是什么难事。今天，文言文阅读水平既关系到继承和弘扬中华优秀传统文化的效能，又关系到现代社会总体人文素质的提高，应当达到什么程度最为合适？民国时期是可以作为一个基准线的。

《学生国学丛书》体现了20世纪之初一些爱国的出版家和教育家把中华优秀传统文化传承给下一代的情怀、理想和实干精神。他们策划这套丛书的宗旨和编则，可资借鉴的地方很多，他们的实践经验、教育精神和国学学养值得我们学习的地方也很多。这一点，是我们了解了丛书的主编和40多位编选者的情况后感受到的。

丛书的主编王云五、朱经农，都是我国20世纪初爱国、革新的出版家。王云五主编《万有文库》，开创了我国图书出版平民化的新纪元，体现了新文化运动中普及文化教育的先进思想。《学生国学丛书》是《万有文库》里专门为中学生编选的，目的是将弘扬民族文化精华的理念带入初等教育，这在当时不能不说是有远见的。两位主编不论在反对封建帝制的革命中，还是在民族危难的救国图强斗争中，都有可圈可点的事迹，值得钦佩。与两位主编合作的40多位编写者，多是辛亥革命的参与者和新文化运动的前沿人物。他们熟悉古代文典，对中国文化理解通透，领悟深刻，又有强烈的反封建意识；其中很多都在中小学教育领域里有过丰富的实践经验，教过国文，编过教材，研究过教法。这里有我们十分熟悉的教育家和文学家，如我国现代教育特别是语文教育的领军人物叶绍钧（他后来的名字是叶圣陶），新文化运动的先驱者、中国革命文艺的奠基人之一、著名作家茅盾（他当时的名字是沈德鸿，后来为大家熟悉的姓名是沈雁冰）。这两位，多篇作品都被收入中学语文课本，20世纪50年代以后的老师、同学是无人不知的。其他如著作丰厚、名震一时的藏书家胡怀琛，国学根柢深厚、考据功底极深、《中国人名大辞典》《中国古今地名大辞典》的主要编写人臧励龢，我国语文教育的改革家庄适等。

20世纪初的中国社会，多种文化思潮纷纭杂沓：改良主义者提出"师夷制夷""严祛新旧之名，浑融中外之迹"的折中主张；历史虚无主义者在"全盘西化"的徽

总序之一

帜下将西方的一切甚至文化垃圾照单全收；殖民主义文化论者叫嚣中国道德一律低级粗浅，鼓吹欧洲人生活方式总体文明高超；另一方面，封建复辟野心家的代言人则一味复古，用古代的文化糟粕来抵抗新文化的建构。这些，都对比出爱国的出版家、学问家、教育家既要固本又要创新的理想和实践精神的可贵；也让我们认识了新文化运动及革命文学的前沿人物坚守教育阵地的不懈努力，懂得了他们的编纂意图和深厚学养。保留丛书主要面貌，就是对他们成果的尊重和信任。

随着中华优秀传统文化的广泛传播，随着中小学语文教学改革的深入发展，在读书成为教师、家长和渴求文化的大众普遍要求之时，文言文阅读将会是其中一个重要的内容。有人说，文言只是一种古代的书面语，口语交际和现代文本已经不再使用，我们为什么还要学习文言文呢？在推介这套丛书的时候，我们有必要来回答这个问题。

文言是古代知识分子和正统教育使用的书面语言，具有超越时代、超越方言的特性，因而也同时具有了记载数千年中华民族灿烂文化的主要功能，它是与中华民族文明史共存的。许慎《说文解字叙》说汉字的作用是"前人所以垂后，后人所以识古"，这两句话即是对汉字记录的文言说的。我国历史悠久，文化遗产丰富，用文言记录的历史文献，用文言撰写的文学作品，多到不可

总序之一

计数，只有学习它，才能从古知今，以史为鉴。文言所记录的，不仅是古代社会的典章制度和政治经济，还有先贤哲人的人生经验和思想哲理，让我们看到中华民族一代又一代人的智慧。想想看，如果我们及早领会了古人"斧斤以时入山林"的采伐规则，便不会过度开发建材，造成那么多秃山荒岭，把气候搞得这样糟糕。我们读过也理解了"今之孝者是谓能养。至于犬马，皆能有养。不敬，何以别乎"这段话，就会在对待长者时，把他们的尊严看得和他们的生计同等甚至更加重要！"防民之口甚于防川""水能载舟亦能覆舟"，这是对阻塞言路者多么深刻的警醒。在道德重建的今天，中国传统道德中"己所不欲勿施于人"的利他主义，"爱民""富民""民为重"的民本思想，"以不贪为宝"的清廉品德，"志士不忘在沟壑，勇士不忘丧其元"的大义凛然态度，"吾日三省吾身"的自律精神，"君子怀刑"的守法意识，……这些，即使在今天的一般阅读中，也已经深入人心。可以想见，进入深度阅读后，我们一定会受到更多的启迪，在阅读中产生更多的惊喜。著名的国学大师、革命家和思想家章太炎，1905年7月15日在东京留学生欢迎会上演讲时说："近来有一种欧化主义的人，总说中国人比西洋人所差甚远，所以自甘暴弃，说中国必定灭亡，黄种必定剿灭。因为他不晓得中国的长处，见得别无可爱，

总序之一

就把爱国爱种的心日衰薄一日。若他晓得,我想就是全无心肝的人,那爱国爱种的心,必定风发泉涌,不可遏抑的。"阅读文言文,就是要使我们具有这种文化自信。是的,遗产是有精华也有糟粕的,古代的未必都适合今天;我们只有真正读懂文典,将历史面貌还原,再有了正确的价值观,才能辨析断识,而不是道听途说,更不会受人蛊惑。在这个意义上,文言文阅读作为吸收中华优秀传统文化的必要途径,绝不是可有可无的。

文言文阅读是产生汉语正确语感的一个重要源泉。汉语不是一潭死水,从古到今,不知吸收了多少其他民族的词汇和句法,也曾经夹杂着很多不雅甚至不洁的成分;但是,文言经过数千年的洗涤、锤炼,已经渐渐将切合者融入,不切合者抛弃。经过大浪淘沙、优胜劣汰而能流传至今的美文巨制,会更加显现汉语的特点。而现代汉语刚刚一个世纪,在根柢不深、修养不佳的人们的口语里、文辞中,常常会受外语特别是英语的影响,受不健康的市井俚语的侵染,产出一种杂糅的语言。我们想在运用现代汉语时真正体现出汉语的特点,比如词汇丰富、句短意深、注重韵律、构造灵活等,提高用健康、优美的汉语表达正确、深刻的思想的能力,文言会带给我们一些天然的汉语语感。热爱自己的本国语言,不断提高运用汉字汉语的能力,这是每一个人文化素养中最重要的表现；克服语言西化、杂糅的最好办法，是在学习规范、优美的现代汉语的同时，对文言也有深入的感受和体验。

文言文阅读还是从根本上理解现代汉语的重要条件。人们都认为现代汉语与文言差别很大，初读时甚至感到疏离隔膜、难以逾越。其实，汉语是一种词根语，词汇和语义的传衍非常直接，文言中百分之七十的词汇、词义，在现代汉语的构词法里都能找到。在书面语里，文言单音词的构词能量有时会比口语词更强。经过辗转引用积淀了深厚文化底蕴的典故、成语，成为使用汉语可以撷取的丰富宝库。如果我们对文言一无所知，是很难深入理解现代汉语的。有些人认为，在语文教学中现代文阅读和文言文阅读是两条线，其实，在词汇积累层面上，应该把它们并成一条线。学习文言与学习现代汉语，在积累词汇、理解意义、体验文化、形成语感方面是相辅相成的。

在推介《学生国学丛书》的时候，我们也有另外一重考虑。这套丛书毕竟经过了将近一个世纪，时代和社会都发生了根本的变化，我们有了更加明确的核心价值观和适应于现代的审美意识，语言、文字、文学、文献、教育都有了更新的研究成果，对丛书进行适度的改编，也是绝对必要的。所以，这次新编，我们主要做了五项

总序之一

工作：第一，为了今天在校学生和普通读者阅读的方便，改竖排为横排，标点符号也随之改为现代横排的规范样式。第二，变繁体字为简化字，在繁简转换的过程中，对在文言文语境中有可能产生意义混淆的用字，做了合理的处理。第三，采用今天所见较好的古籍版本对原书的选文进行了审校，订正了文句的错、讹、脱、衍。第四，对原书的注释进行了修改、加工、调整，使注释更加准确、易懂，对地名和名物词的解释，也补充了最新的资料。第五，撰写了新编导言，放在原书绪言的前面。原编者和新编者对同一部书和同一篇文的看法，或所见略同，或相辅相成，或角度各异，或存在分歧，都能促进阅读者的思考和讨论，引发延展性学习，带动更多篇目和整本书的阅读。

《学生国学丛书》本来是一套开放的丛书，我们还会根据教学和读者的需要，补充一些当时没有被选入的优秀古代典籍的选本，使新编的丛书不断丰富。

我国每年有将近两亿的青少年步入基础教育，一个孩子有不止一位家长，这是一个多么庞大的读书群体。将一个世纪以前的《学生国学丛书》通过新编激活，让它走进一个新的时代，更好地发挥它在语文教育和弘扬我国优秀传统文化中的作用，这是我们之所愿，也希望能使编写这套书的前辈们夙愿得偿。

总序之二
——植入健康的文化基因

顾德希

优秀的传统文化是中国人的精神家园。学生多读些国学典籍,将有助于把优秀传统文化的基因植入肌体。王宁老师的"总序",对本丛书的这一编辑意图已有深入全面的阐释,我打算就如何阅读这套丛书,或者说如何阅读文言文,做些补充性说明。

这套丛书的每一本,都专门写了新编导言。这是今日读者和原书连接的桥梁。人们常把桥梁喻为过河的"方法",所以也可以说,新编导言之所谓"导",就是力图为各类学生和更多读者提供一些阅读的方法。

这套丛书有好几十本,都是极有价值又有相当难度的国学经典,如不讲究阅读方法,编辑意图的实现会大打折扣。但这些经典差异性很大,《楚辞》和《庄子》的阅读肯定很不同，《国语》和《周姜词》的阅读方法差别就更大，即使同是词，读《苏辛词》与《周姜词》也不宜用完全相同的方法。因此本丛书新编导言所提供的阅读方法，针对性很强，因书而异。但异中有同，某些共性的方法甚至更为重要。不过，这些共性的方法渗透在每一篇导言中，未必能引起足够重视。下面，我想谈谈文言文阅读的四个具有共性的方法。

一、了解作者和相关背景，了解每本书的概貌，对每本书的阅读都很重要，这毋庸置疑。但一般读者了解这类相关知识，目的仅在于走近这本书。因而涉及作者、背景、概貌等，导言中一般不罗列专业性强的知识，而诉诸比较精要的常识性叙述。比如对《吕氏春秋》作者吕不韦，并没有全面介绍，也没有像过去那样从伦理道德上对这个历史人物加以贬抑，而只侧重叙述了他作为政治家的特点，因为明乎此便很有助于了解《吕氏春秋》。又如《世说新语》的成书背景有其特殊性，也需要了解，但限于篇幅，叙述的浓缩度很大。凡此种种必要的常识，新编导言里一般是点到为止，只要细心些，便不难从中获得多少不等的启发。兴趣浓厚者，查找相关知识也很容易。

二、借助注解疏通文本大意之后，就要反复诵读。某些陌生的词句，更要反复诵读。一句话即使反复诵读二十遍也用不了两三分钟，但这两三分钟却非常重要。

　　"诵读"是出声音的读，但并不是朗诵。大家所熟悉的现代文朗诵，不完全适用于文言诗文。朗诵往往是读给别人听，诵读却是读给自己听。古人所谓"吟咏"，是适合于当时人自己感悟的一种诵读。今天的诵读，用普通话即可，节奏、抑扬、强弱、缓急，都无客观规定性，可随自己的感受适当处理。如果阅读文言文而忽略了诵读，效果至少打一个对折。不念出声音的默读，是只借助视觉器官去感知；出声音的诵读，是把视觉、听觉都动员起来的感知，其所"感"之强弱不言而喻。而且一旦读出声音，就让声带、口腔等诸多器官的运动参与进来了，凡诉诸运动器官的记忆，最容易长久。会骑车的人，多年不骑，一登上车还是会骑。因为骑车的感觉是一种运动记忆。文言语感的牢固形成与此类似。古人所谓"心到、眼到、口到"之说，实在是高效形成文言语感的极好方法。不管是成篇诵读，片段诵读，还是陌生词句的反复诵读，都是提升文言文阅读能力的好办法。本丛书的每一篇新编导言并未反复强调"诵读"，但各种阅读建议无不与某些片段的反复读相关。既读，就要"诵"，这是文言文阅读的根本方法。

　　三、应用。这是与文言翻译相对而言的。把文言文阅读的重点放在"翻译"上，副作用很多。一是不可避免信息的丢失。概念意义、情味意蕴，都会丢失。课堂教学中让学生把一篇文言文从头到尾"对号入座"地搞翻译，是文言教学中的无奈之举。一句一句，斤斤计较于文言句法词法和现代汉语的异同，结果学生的诵读时间没有了，刻意去记的往往是别别扭扭的"译文"，而精彩的原文反倒印象模糊，这不是买椟还珠吗！所以，在疏通大意、反复诵读的同时，一定要重视"应用"。应用，就是把某些文言词句直接"拿来"，用在自己的话语当中。比如，在复述大意时，在谈阅读感受理解时，不妨直接援引几句原话。如果能把原文中的某些语句就像说自己的话一样，自然而然地穿插到自己的述说中，那就是极好的应用。本丛书新编导言中援引原作并有所点评、有所串释、有所生发之处很多，但绝不搞对号入座的翻译，这不妨看作文言文阅读方法的一种示范。新编导言中有很多建议，要求结合作品谈个什么问题，探究个什么问题，都不同程度地含有这种"应用"的要求。

四、坚持自学。这套丛书，为学生自学文言文敞开了大门。学生文言文阅读的状况永远会参差不齐。同一个班的高中生，有的已把《资治通鉴》读过一遍，有的能写出相当顺畅的文言文，但也有的却把"过秦论"读成"过奏论"，这是常态。只靠面对几十个人的文言课堂讲授，几乎不可能使之迅速均衡起来。只有积极倡导自主性学习，才可能有效提高教学质量。本丛书的新编导言，高度重视对文言自学的引导。每篇新编导言都就怎样去读提出许多建议。这些建议有难有易，不是要求每一个人全都照着去做。能飞的飞，能跑的跑，快走不了的慢走也很好。新编导言在"导"的问题上，从不同层次上提出不同建议，相信各类学生都能找到适合自己的要求。只要选择适合自己或者自己感兴趣的要求，坚持不懈去"读"，去"用"，文言文的自学一定会出现令人惊喜的成果。从这个意义上说，本丛书的每一本，都是适合于各类读者自学国学经典的好读本。每一本中经过精心处理的注解，是自学的好帮手；而每一篇新编导言，又都可对自学起到切实的引导作用。只要方法对，策略恰当，那么这套丛书肯定能帮助我们有效提高文言文阅读水平。

目前，在深化高中语文课改的大背景下，很多学校高度重视突破过去那种一篇篇细讲课文的单一教学模式，开始重视"任务群"的学习，重视整本书的阅读，重视选修课的开设，重视校本课程的建设。在这样的大背景下，如果学校打算从本丛书中选用几本当作加强国学教育的校本教材，那么"新编导言"对使用这本书的教师来说，也可起到某种"桥梁"作用。

不管用一本什么书来组织学生学习，都必须对学生

总序之二

怎样读这本书有恰当引导。这是提高教学质量的一定不移之理。恰当的引导,要有助于各类学生更好地进入这本书的阅读,要有助于各类学生更好地开展自主性学习,要使之在文本阅读中进行有益的探究,并获得成功的喜悦。为了使新编导言的"导"能起到这样的作用,本丛书专门组织了多位一线优秀教师先期进入阅读,并把成功教学经验融入新编导言。因此,我们有理由相信,新编导言可以成为组织学生学习活动的有益借鉴。导言中结合具体作品对阅读所做的那些启发、引导,针对不同水平读者分层提出的那些建议,都将有助于教师结合自己学生的实际情况进一步拟出付诸实施的具体导学方案。

我相信,只要阅读文言文的方法恰当,只要各类读者从实际情况出发,循序渐进地学,优秀传统文化的基因就一定能更好地植入肌体。

目　录

新编导言 …………………………………… *1*

原书绪言 …………………………………… *9*

断刑论下 …………………………………… *15*

辩列子 ……………………………………… *19*

辩文子 ……………………………………… *22*

辩论语二篇 ………………………………… *24*

辩鬼谷子 …………………………………… *27*

辩晏子春秋 ………………………………… *29*

辩亢仓子 …………………………………… *32*

辩鹖冠子 …………………………………… *33*

天说 ………………………………………… *35*

鹘说 ………………………………………… *38*

捕蛇者说 …………………………………… *41*

罴说 ………………………………………… *44*

宋清传 …… 45

种树郭橐驼传 …… 48

童区寄传 …… 51

梓人传 …… 54

蝜蝂传 …… 59

三戒 …… 61

柳宗直西汉文类序 …… 68

送薛存义之任序 …… 72

送从弟谋归江陵序 …… 74

送僧浩初序 …… 78

愚溪诗序 …… 81

愚溪对 …… 84

潭州东池戴氏堂记 …… 89

桂州訾家洲亭记 …… 92

邕州马退山茅亭记 …… 96

永州新堂记 …… 99

永州万石亭记 …… 102

零陵三亭记 …… 105

零陵郡复乳穴记 …… 108

永州龙兴寺东丘记 …… 110

永州法华寺新作西亭记 ·················· *113*

永州龙兴寺西轩记 ····················· *115*

游黄溪记 ························· *117*

始得西山宴游记 ····················· *120*

钴鉧潭记 ························· *122*

钴鉧潭西小丘记 ····················· *124*

至小丘西小石潭记 ···················· *126*

袁家渴记 ························· *128*

石渠记 ·························· *130*

石涧记 ·························· *132*

小石城山记 ······················· *134*

序饮 ··························· *136*

序棋 ··························· *138*

柳州东亭记 ······················· *140*

柳州山水近治可游者记 ················· *142*

答韦中立论师道书 ···················· *145*

段太尉逸事状 ······················ *150*

17

新编导言

柳宗元是思想史、文学史上的大家。他的散文渊深峻洁，但不少篇章一般读者也能读，即便初中生，只要用心，也能有所收获。

在文学史上，柳宗元与韩愈并称"韩柳"。柳比韩小5岁，早5年去世。他们都是"古文运动"的倡导者，但主张不尽相同。他们都希望国家好、百姓好，都主张"文以载道"，但韩的"道"多伦理性质，柳的"道"富于革新色彩。

柳宗元入仕早，但32岁就遭遇了严峻转折——王叔文改革和"八司马"事件。原来，王叔文在唐顺宗当太子时深得其信任，顺宗当了皇帝就重用王。而王便任用他所赏识的柳宗元、刘禹锡等一批新锐来搞改革。这些改革触犯了大军阀大官僚的利益，很快就严重受阻，唐顺宗不得不退位；新即位的唐宪宗立斩王叔文，并把柳宗元、刘禹锡等八人贬到外地为"司马"，即所谓八司马事件。顺宗当皇帝不足一年，王叔文改革

柳宗元文

并无所成。而被"卷"进这场风波的柳宗元，一贬就被贬到荒僻之地15年，其郁结可想而知，这可能便是他47岁早逝的原因。被贬后期，"八司马"境遇略有变化，刘禹锡迁"播州"，但柳宗元认为刘母多病，绝不可去那种条件恶劣的地方，便不怕自己再次获罪，抗言上疏，请代刘禹锡去。柳宗元的高尚人品感人至深，而他学究天人，思想深刻，为后人留下大量不朽篇章，更是成就卓著。

这本《柳宗元文》只选了柳文很少一部分，编者充分考虑了"易读"原则。柳宗元学问太大，许多文章不易读。但如只读他的寓言、游记、传记文和几篇不难学习的"考据文"，又容易造成对柳宗元的片面了解。所以原编者也酌选了一点儿其他类的文章。此次新编，我们又增补了一篇《段太尉逸事状》。

读柳宗元文，要了解他思想的深刻性，还要了解他的文学成就。

柳宗元的政治思想，基本上是儒家民本思想。这本集子里的《送薛存义之任序》，有段话很具代表性：

> 凡民之食于土者，出其十一，佣乎吏，使司平于我也。今我受其直，怠其事者，天下皆然。岂惟怠之，又从而盗之。向使佣一夫于家，受若值，怠若事，又盗若货器，则必甚怒而黜罚之矣。以今天

新编导言

下多类此而民莫敢肆其怒与黜罚，何哉？势不同也。势不同而理同，如吾民何！

柳宗元认为，官吏是百姓的仆役。百姓"出其十一"雇佣了官吏，让官吏管理自己（使司平于我）。可是如今官吏拿了百姓的钱，不好好干事，还盗取百姓钱物。百姓之所以不能怒而斥退之，是因为情势还不允许。为官者若明乎此，就知道该怎么对待百姓了。柳宗元这种民本观点，无疑十分宝贵。他以此来勉励薛存义，说明薛在零陵的政绩还不错（可参阅本书《零陵三亭记》），同时也反映了唐朝的"税法"实行以来老百姓利益并无保证的严峻现实。

柳宗元对政治问题的见解十分深刻。比如，到底是中央集权、下设州县的体制好，还是分封诸侯、贵族世袭的体制好，这个问题从唐太宗起，"名臣"们争执了一百多年。而柳宗元《封建论》则做了结论。苏轼说："宗元之论出，而诸子之论废矣。虽圣人复起，不能易也。"（《东坡文集·论封建》）。这是对柳宗元思想深刻性的高度评价。这篇《封建论》不只给"体制"争议做出结论，更指出了"上果贤乎？下果不肖乎？"的尖锐问题，他认为只有这问题解决得好，百姓才可能安定，同时还指出，唐朝尽管实行郡县制，但"失不在州而在于兵"。也就是说，州郡的设置固然重要，但大军阀仍会导致国无宁日。《段太尉逸事状》就从侧面反映了这一严峻现实。

这是篇写人的记叙文，堪称"某某二三事"的写作范例，但它所反映的深层问题，正是"失不在州而在于兵"。当时"安史之乱"已结束，郭子仪是第一大功臣，被唐代宗（顺宗的祖父）倚为长城。我们读这篇文章时，不妨查查里面涉及了哪几路"兵"，谁又能"管"得了，段秀实作为体恤民命的地方行政长官，到底能保护多少百姓利益。如此探究一番，大概你对柳宗元思想之深刻便会有进一步认识，也不难理解柳宗元何以会参与王叔文的改革了。

柳宗元的进步思想，反映在他的许多文章里。本书第一篇《断刑论下》，观点鲜明："吾固知顺时之得天，不如顺人、顺道之得天也。""顺人"就是"顺乎民意"，亦即柳宗元的"道"。柳宗元把顺"天"归结为顺"人"（民）。这不同于一般的破除迷信。

柳宗元和韩愈都赞成以民为本，但思想有差异。本书所选《天说》《送僧浩初序》两文，都是柳与韩的辩论。柳批评韩"忿其外而遗其中，是知石而不知韫玉也"。有兴趣的读者，不妨探究一下二人思想有哪些差异。

柳宗元的文学创作丰富多彩。他的散文植根于现实，艺术上具有独创性，成就杰出。在他被贬前，登门求教的人就很多；被贬后，"衡、湘以南，为进士者，皆以子厚为师"（韩愈《柳子厚墓志铭》）。可见其散文创作在"古文运动"中产生的巨大影响。

这本集子,可从以下方面帮助我们了解柳宗元的文学成就。

一、传记文学。柳宗元的传记文,深刻揭露了唐代社会的现实问题,人物典型,形象鲜明,感染力强。如《捕蛇者说》中的蒋氏,三代受毒蛇之害,仍甘冒生命危险而不改其业,这个形象所负载的悲惨信息——重赋与悍吏的罪恶,具有何等强烈的冲击力啊!如《段太尉逸事状》中的段秀实,爱护人民,清醒机智,而这个可敬的形象与现实中新军阀对人民的残害形成鲜明对照,又怎能不令人扼腕叹息!柳的传记文是《史记》以来传记文的发展,他看重对底层人物的描写,除写了蒋氏,还写了宋清、郭橐驼、童区寄等。宋是卖药的,但眼光远,绝不唯利是图,无论买药者身份贵贱都一视同仁,富而"不为妄"。郭是种树的,他顺应树木的天性,细心培植,对树木绝不做"虽曰爱之,其实害之"的事,成为长安一带最著名的种树能手。童区寄故事大家熟悉,不赘言。本书《宋清传》《种树郭橐驼传》《童区寄传》中这些活生生的形象,不是柳宗元对"上果贤乎?下果不肖乎?"这一尖锐问题的生动注脚!人物形象具有某种创新性、典型性,思想内涵丰富而深刻,这是柳宗元传记文所达到的高度。

二、寓言文学。本书选了柳宗元的《三戒》《蝜蝂传》《罴说》《鹘说》等几篇寓言。柳宗元创造性地继承了先秦寓言的传统。先秦寓言往往只是文中一个小片段，并不独立。而柳宗元使寓言成为一种独立完整的文学作品。苏东坡说："予读柳子厚《三戒》而爱之，乃拟作《河豚鱼》《乌贼鱼》二说，并序以自警也。"(《东坡文集》)可见柳宗元对奠定寓言这种文学体裁所起的重要作用。《三戒》为多数读者所熟悉，另三篇也不难懂，兹不赘述。柳宗元的寓言无疑具有讽刺、鞭笞小人的意味，但其形象鲜明而含义丰富，足可引发读者对人性某些弱点的反思，具有某种警策意味——苏轼就是从这一层面理解柳宗元的。我们读柳宗元的寓言，还应体会他善于抓住平凡事物特征、加以想象夸张、创造生动形象的这种托物言志的写作方法。柳宗元是托物言志的顶级高手，不仅用这种方法讽刺、警示，也用以写其他寄托。如《牛赋》，可算"赋"体寓言，有人说是为王叔文而作。本书虽未选，但不难找，有兴趣的不妨一读。

三、山水游记。柳宗元在被贬后，写了大量山水游记，曲折地表现了他的思想感情。这些作品清新秀美，富于诗情画意，写景抒情融为一体，无论是静态描写还是动态描写，都生动传神，是柳宗元借鉴《水经注》而为散文创作开辟出的一片崭新园地，为我国游记散文的创作奠定了坚实基础。

现在旅游发达，很多人去的地方多，却苦于写不出好的游记散文，那就不妨从柳宗元这里找些借鉴。本书选了21篇山水游记，包罗了写作游记散文的一切"法门"。下面着重谈

新编导言

两点。

一是善于"发现"事物特征。比如"永州八记"(自《始得西山宴游记》至《小石城山记》),所记都是荒野去处,而柳宗元一连写出八篇传世佳作,无不引人入胜,这反映了他善于发现事物特征的超群本领。如《钴𬭁潭记》《石涧记》都写水,却截然不同,各具其趣;如《钴𬭁潭西小丘记》《小石城山记》都写小丘,而一是其石"争为奇状",一是形似石城,各具其妙,都令人寻味不尽;如《袁家渴记》《石渠记》都写到风,一是"自四山而下,振动大木"——视觉、嗅觉、动觉之感受美不胜收,一是"风摇其颠,韵动崖谷"——"视之既静,其听始远",二者给人感受完全不同。如果我们抓住几个例子反复揣摩,那么我们笔下"言之有味"的景物一定会越来越多。

二是善于"谋篇"。所谓谋篇,指恰当地确定从哪方面来写,重点写什么。比如《桂州訾家洲亭记》《邕州马退山茅亭记》《零陵三亭记》,都写"亭",但结合与其"亭"紧密相关的人和事,便有不同的立意,选材和写法。这三篇里的"亭",迥然不同,情味各异。注意体会这种"谋篇"之道,有助于我们写游记散文的"出新"。

此外值得借鉴的东西还很多,比如《潭州东池戴氏堂记》,有些话涉及山水景观的审美原理,有兴趣的读者可自行揣摩。

原书绪言

一 柳宗元传略

柳宗元,字子厚,唐河东人,生于代宗大历八年(公元七七三年)。少年时就很精敏,十七岁,举进士,二十九岁,为监察御史。

那时候,正是德宗在位,顺宗为太子,王叔文,因为善于着棋,为太子所赏,他一面联络太子,一面联络朝士,如韦执谊等,都和他是一党,预备握国家大权。

这时,柳宗元又为王叔文、韦执谊所赏识,当然和王、韦是一党了。

德宗之后,太子即位,就是顺宗,王叔文和韦执谊执了大权,引用党人,声势赫弈。柳宗元当然也居在重要的地位。但是,暗中妒忌他们的人也就不少。

究竟王叔文、韦执谊专权太甚,反对他们的人太多,后来连顺宗也恨了他们，就传位于太子，称为宪宗，当然政局发生很大的变化，王叔文、韦执谊一个个被贬谪。柳宗元也在贬谪之列，初贬为邵州刺史，复加贬为永州司马。同时贬为司马的，共有八人，称为"八司马"，柳宗元，为八司马之一。当时著名的文人，除了柳宗元外，再有刘禹锡，也为王叔文党，也被贬谪。

永州为今湖南零陵县地方①，是湖南的边界，和广东很相近，在那时候，是很荒僻的，山水风景很好；柳宗元虽然吃了许多苦，却得游玩着好山水，他文集中有名的小记，有大部分是在永州做的。

他在永州住了几年，到宪宗元和十年，又被迁徙为柳州刺史。柳州，今广西马平县②，那地方更是荒僻，他所受的困苦，可想见了。

元和十四年（公元八一九年），他死在柳州。年四十七岁。后人因为他是河东人，又称为柳河东；因他曾为柳州刺史，又称为柳柳州。

二　柳宗元的文集

柳宗元和刘禹锡是朋友，宗元死后，禹锡把他的诗文，

---

① 校订者注：永州已升为地级市，零陵为永州辖区。
② 校订者注：隋开皇十一年（公元591年）析桂林县置马平县，县治所设于今柳州市柳北区雀儿山附近"双山"。属象州。历经多次变迁，今为柳州市属地。

编为文集四十五卷。当然，至宋朝才有刊本。宋以后，不同的本子很多，据我所知，《四库全书》所收，共有三种：

（一）《诂训柳先生文集》四十五卷，外集二卷，新编外集一卷。宋韩醇音释。穆修刊行。即刘禹锡本。

（二）《增广注释音辨柳集》四十三卷。不著编辑者名字。

（三）《五百家注音辨柳先生文集》二十一卷，外集二卷，新编外集二卷，附录八卷。宋魏仲举编。今《四部丛刊》本即此本之元刊本。

此外再有宋、明刊本二种：

（四）《河东先生集》四十五卷，外集《龙城录》等，共六卷。宋廖莹中注。世绥堂刊。

（五）《柳河东集》四十五卷，外集，遗文，附录共七卷。明蒋之翘注刊。今《四部备要》本即此本。

按：柳集中除诗文而外，并有杂著，（这是古书的通例。）如《非国语》二卷，为考订专书，似可独立；而《龙城录》一卷，又为小说，编辑者或删，或存，或说不是柳宗元做的。今这一本《柳文》就是从全集中选出一部分的散文。

三　柳文的长处

柳宗元为唐宋八家之一，八家的文，当然各有各的特色，现在不能多讲，单说一说"柳文"的长处。

（一）他的思想很自由。他在唐代，与韩愈并称。文章，是各有长处，若就思想而论，实在是柳胜于韩。因为韩愈单读"儒书"，见闻自然是不广，思想也就被束缚了。柳宗元，对于周、秦诸子，读得很多，并且兼读"佛书"，因此他的思想很活泼。他的文学作品中，有许多思想很好的。如《送薛存义之任序》，阐明民权；《天说》，近于地质学；《断刑论》《贞符》二篇，扫除迷信，在那时候，有这种思想，这是韩愈所不及的。

（二）他的考订文很好。他既然喜欢读周、秦诸子，所以对于诸子的研究也很深。他做了许多考订真伪的文字，如《辩文子》《辨列子》之类。虽然不及今人的精审，但在他的前后时代，是少有的。

（三）他有很好的寓言。寓言，在周、秦时本是很发达的。周、秦诸子，几乎没一个没寓言。在汉以后，善于作寓言的，就要算柳宗元了。如《蝜蝂传》，如《三戒》，就是代表的作品。虽然有时候是演绎周、秦诸子，然而他的作品，自有价值。因为周、秦诸子的寓言，多是片言只语，不能成篇；柳宗元的寓言，能独立成为一短篇，比较的文学意味更是丰富。例如《捕蛇者说》，出于《檀弓》"孔子过太山侧"；《梓人传》，演绎《庄子》郭注"工人无为于刻木，而有为于运矩；主人无为于亲事，而有为于用臣"；《种树郭橐驼传》，是演绎老子"无为而治"。然一经演绎，便更有趣味了。

（四）他的游记极好。柳宗元既被贬谪到湖南和广西，那两个地方的山水，是很好的，是很奇的，柳宗元虽然受了些辛苦，反而得到了游览的机会；而他的山水小记，便成为千古绝作。虽在本书里，曾经指出他有学《山海经》《水经注》的地方，而他却自成格局，有独立的价值，可推为游记之祖。后来人描写风景的游记，都不能超出他的范围以外。

以上，《柳文》的长处说完了。再有一件事，我们应该知道。就是：他的辞赋，和《楚辞》也有很深的关系。这是因为他的境遇和屈原相似，他所到的地方，又和屈原相同，所以他的辞赋，和《楚辞》的关系很深。不过在他的全体文学作品中，辞赋并不算好，他的最好的作品还是考订文、寓言、游记。

再者，柳宗元自述他的文学的渊源，见于《答韦中立书》，读者可以参考。不过，那些话，虽然是他自述，而他的观察点和我们完全不同，所以他自己还没有说出自己的真好处，自己还没有说出自己的真价值。

四 本书选录注解的标准

前一节已说过"柳文"的好处。本书选录，即以此为准。于考订文、寓言、游记，几乎全数选入。有思想的论说文也选得很多。辞赋，因为非"柳文"的特色，所以不选。此外，选《送僧浩初序》，以见子厚对于佛学的观念；选《答韦中立书》，以见子厚自述其文学的渊源。

注解方面，力求简明，可省则省，以便阅读。而据蒋注本，校正通行本误处数起。更博采朱子、杨升庵、方望溪诸

柳宗元文

人之说，或校订其字句之讹，或考证其渊源所自。间亦窃以己意，曾发现子厚原文引书、用字之可疑者，以供读者参考。（如《送僧浩初序》引《杨子法言》，确有小误。但不必为子厚病。）我固不敢轻议古人，然也不敢盲从古人。偶然举此为例，为初学者指示途径，他们自己或更有新发现，如此研究，对于古人，对于自己，对于后人，都是多少有一点益处的。

胡怀琛
一九二七年十二月

断刑论下 ①

余既为《断刑论》，或者以《释刑》复于余。其辞云云。余不得已而为之一言焉。

夫圣人之为赏罚者非他，所以惩劝者也。赏务速而后有劝，罚务速而后有惩。必曰赏以春、夏，而刑以秋、冬，而谓之至理者，伪也。使秋、冬②为善者，必俟春、夏而后赏，则为善者必怠。春、夏③为不善者，必俟秋、冬而后罚，则为不善者必懈。为善者怠，为不善者懈，是驱天下之人而入于罪也。驱天下之人入于罪，又缓而慢之，以滋其

---

① 按：《断刑论上》，原缺。
② 通行本无"冬"字，误。
③ 通行本无"夏"字，误。

懈怠，此刑所以不措也。必使为善者不越月逾时而得其赏，则人勇而有劝焉；为不善者不越月逾时而得其罚，则人惧而有惩焉。为善者日以有劝，为不善者日以有惩，是驱天下之人而从善远罪也。驱天下之人而从善远罪，是刑之所以措，而化之所以成也。

或者务言天而不言人，是惑于道者也。胡不谋之人心以熟吾道？吾道之尽，而人化矣①。是知苍苍者焉能与吾事而暇知之哉？

果以为天时之可得顺，大和之可得致，则全吾道而得之矣。全吾道而不得者，非所谓天也，非所谓大和也。是亦必无而已矣。又何必枉吾之道，曲顺其时，以谄是物哉？

吾固知顺时之得天，不如顺人、顺道之得天也，何也？使犯死者自春而穷其辞，欲死不可得，贯三木②，加连锁，而致之狱，更大暑者数月，痒不得搔，痹③不得摇，痛不得摩，饥不得时而食，渴

---

① "矣"通行本作"乎"，误。
② 木谓刑具。贯三木谓颈、手、足，皆有刑具。
③ 痹，bì，指肢体失其感觉不能移动的病。

断刑论下

不得时而饮,目不得瞑,支①不得舒,怨号之声,闻于里人,如是而大和之不伤,天时之不逆,是亦必无而已矣。彼其所宜得者,死而已也。又若是焉,何哉?或者乃以为:霜雪者,天之经也;雷霆者,天之权也。非常之罪,不时可以杀,人之权也;当刑者必顺时而杀,人之经也。是又不然。

夫雷霆雪霜者,特一气耳,非有心于物者也。圣人,有心于物者也。春、夏之有雷霆也,或发而震,破巨石,裂大木,木石岂为非常之罪也哉?秋、冬之有霜雪也,举草木而残之,草木岂有非常之罪也哉?彼岂有惩于物也哉?彼无所惩,则效之者,惑也。果以为仁必知经,智必知权,是又未尽于经、权之道也。何也?经也者,常也;权也者,达经者也。皆仁智之事也,离之,滋惑矣。经非权,则泥;权非经,则悖。是二者强名也。曰:当,斯尽之矣。

当也者,大中之道也。离而为名,大中之器用也。知经而不知权,不知经者也;知权而不知经,

---

① 支,通"肢"。

不知权者也。偏知而谓之智,不智者也;偏守而谓之仁,不仁者也。知经者不以异物害吾道,知权者不以常人佛吾虑。合之于一而不疑者,信于道而已者矣。

且古之所以言天者,盖以愚蚩蚩①者耳,非为聪明睿智者设也。或者之未达,不思之甚也。

---

① 蚩蚩,敦厚貌。此处指无知之民。

辩列子[①]

刘向[②]，古称博极群书，然其录《列子》，独曰，郑穆公时人。穆公在孔子前几百岁，《列子》书言郑国，皆云子产、邓析[③]。不知向何以言之如此。

《史记》郑缥公二十四年，楚悼王四年，围郑，郑杀其相驷子阳。子阳正与列子同时，是岁周安王三年，秦惠王、韩列侯、赵武侯二年，魏文侯二十七年，燕釐公五年，齐康公七年，宋悼公六

[①] 《列子》，书名，八卷。旧传周列御寇撰。实为后人假托。
[②] 刘向，字子政。西汉末人。成帝时，典校秘书。
[③] 子产，姓公孙，名侨，郑大夫。邓析，郑辩智之士，执两可之说。二人皆在穆公之后。

年，鲁穆公十年。不知向言鲁穆公时，遂误为郑耶。不然何乖①错至如是。

其后，张湛②徒知怪《列子》书言穆公后事，亦不能推知其时；然其书亦多遭增窜③，非其实。要之，庄周④为放⑤依其辞，其称夏棘⑥、狙公⑦、纪渻子⑧、季咸⑨等，皆出《列子》，不可尽纪。虽不概于孔子道，然其虚泊寥阔，居乱世，远于利，祸不得逮于身，而其心不穷。《易》之遁世无闷⑩者，其近是欤！余故取焉。

其文辞类《庄子》；而尤质厚，少为作，好文者可废耶。其《杨朱》《力命》⑪，疑其杨子书。

---

① 乖，不合。
② 张湛，东晋时人，尝注《列子》。
③ 窜，改动。
④ 庄周，战国时蒙人。著《庄子》三十三篇。
⑤ 放，fǎng，效仿。
⑥ 夏棘，汤大夫。
⑦ 狙公，善养猿猴。
⑧ 纪渻子，善养斗鸡。渻，shěng。
⑨ 季咸，古之神巫。
⑩ 遁世无闷，《易》："遁世无闷，不见是而无闷。"校订者按：即是说遇乱世可以逃避世俗社会而心无烦忧。
⑪ 杨朱，人名。此处《杨朱》《力命》皆《列子》书中篇名。

辩列子

其言《魏牟》《孔穿》①皆出列子后,不可信。然观其辞,亦足通知古之多异术也。读焉者慎取之而已矣。

---

① 魏牟,魏文侯子。孔穿,孔子之孙。

辩文子[①]

《文子》书十二篇。其传曰：老子弟子。其辞时有若可取。其指意皆本老子。

然考其书，盖驳[②]书也。其浑而类者少，窃取他书以合之者多。凡孟、管[③]辈数家，皆见剽窃，峣[④]然而出其类。其意绪文辞，叉牙[⑤]相抵而不合。不知人之增益之欤？或者众为聚敛以成其书欤？

---

① 文子，不知其名。《汉志》但称其为老子弟子。或谓即计然，误。或又谓即文种。有书二卷。
② 驳，bó，庞杂。
③ 孟管，谓孟轲、管仲。
④ 峣，yáo，高的样子。
⑤ 叉牙，岐出之意。

辩文子

然观其往往有可立者,又颇惜之。悯其为之也劳,今刊去谬恶乱杂者,取其似是者,又颇为发其意,藏于家。

辩论语二篇①

或问曰:"儒者称:《论语》,孔子弟子所记。信乎?"

曰:"未然也。孔子弟子,曾参②最少,少孔子四十六岁,曾子老而死,是书记曾子之死,则去孔子也远矣。曾子之死,孔子弟子略无存者矣。吾意曾子弟子之为之也。何哉?且是书载弟子必以字,独曾子、有子③不然。由是言之:弟子之号之也。然则有子何以称子?曰:孔子之殁也,诸弟子以有

---

① 《论语》,二十篇,世称为孔子弟子记孔子言行之书。
② 参,shēn。曾参,字子舆,武城人。孔子卒时,曾参年二十六。
③ 有子,名若,晋人。

辩论语二篇

子为似夫子，立而师之①。其后不能对诸子之问，乃叱②避而退，则固尝有师之号矣。今所记独曾子最后死，余是以知之。盖乐正子春、子思③之徒，与为之尔。或曰：孔子弟子尝杂记其言，然而卒成其书者，曾氏之徒也。"

"尧曰：'咨尔舜，天之历数在尔躬，四海困穷，天禄永终。'舜亦以命禹。'余小子履，敢用玄牡，敢昭告于皇天后土：有罪不敢赦。万方有罪，罪在朕躬；朕躬有罪，无以尔万方。'"④

或问之曰："《论语》书，记问对之辞尔；今卒篇之首章，然有是，何也？"

柳先生曰："《论语》之大，莫大乎是也。是乃孔子常常讽道之辞云尔。彼孔子者，覆生人之器也。上之尧、舜之不遭，而禅⑤不及己；下之无汤

---

① 《孟子》：子夏、子游、子张，以有若似圣人，欲以所事孔子事之。
② 叱，呵责。
③ 乐正子春，曾子弟子。鲁人。子思，名伋。孔子之孙，受学于曾子。
④ 以上《论语》原文，见《论语·尧曰》篇。履，汤名。玄牡，黑牡，黑属水，祷雨，故用黑牡。
⑤ 禅，代。《孟子》：唐、虞禅。谓尧、舜、禹递相传授。

之势,而己不得为天吏①。生人无以泽其德,日视闻其劳死怨呼,而己之德,涸然无所依而施,故于常常讽道云尔而止也。此圣人之大志也,无容问对于其间。弟子或知之,或疑之,不能明,相与传之;故于其为书也,卒篇之首,严而立之。"

---

① 天吏,犹云奉行天命之人。

辩鬼谷子①

元冀②好读古书，然甚贤《鬼谷子》，为其《指要》几千言。

《鬼谷子》要为无取。汉时刘向、班固③录书，无《鬼谷子》。《鬼谷子》后出，而险鷙④峭薄，恐其妄言乱世，难信。学者宜其不道。而世之言纵横⑤者，时葆⑥其书。尤者，晚乃益出七术⑦。怪谬异

---

① 鬼谷子，战国时人。隐居鬼谷，因以自号。苏秦、张仪师之。
② 元冀，人姓名。著有《鬼谷子指要》一书。
③ 刘向，见《辩列子》注。班固，东汉初人。著《汉书》。
④ 鷙，lì，凶狠。
⑤ 纵横，周秦时九流之一。以审察时势，游说劝人为事。如苏秦、张仪之徒就是这样的人。
⑥ 葆，通"宝"。
⑦ 七术，《鬼谷子》下篇有《阴符七术》。

甚，不可考校，其言益奇而道益狭，使人狙①狂失守，而易于陷坠。幸矣！人之葆之者少。

今元子又文之以《指要》，呜呼！其为好术也过矣！

---

① 狙，狡诈。

辩晏子春秋[1]

司马迁[2]读《晏子春秋》,高之,而莫知其所以为书。或曰:晏子为之,而人接焉。或曰:晏子之后为之。皆非也。

吾疑其墨子[3]之徒有齐人者为之。墨好俭,晏子以俭名于世[4],故墨子之徒,尊著其事,以增高为

---

[1] 晏子,名婴,字平仲,春秋时齐人,相景公。《晏子春秋》,著其行事及诤谏之言。《汉志》八篇,但称《晏子》;《隋志》七卷,始名《晏子春秋》。
[2] 司马迁,字子长,汉武帝时龙门人。作《史记》,其列传中有《管晏列传》。
[3] 墨子,名翟,战国时人。有书六十三篇。以"兼爱""节用""明鬼""非命"等说为主。
[4] 《礼记》:晏婴一狐裘三十年,遣车一乘。又晏平仲祀其先人,豚肩不掩豆。

己术者。

且其旨多"尚同"、"兼爱"、"非乐"、"节用"、非"厚葬""久丧"者①,是皆出墨子。又非孔子,好言鬼事。"非儒""明鬼"②,又出墨子。其言"问枣"③及"古冶子"④等尤怪诞⑤。又往往言墨子闻其道而称之。此甚显白者。

自刘向、歆,班彪、固父子⑥皆录之儒家中,

---

① 自"尚同"至"节用",皆《墨子》篇名。非厚葬久丧,指《墨子·节葬》篇所言。以上皆墨子之主张。
② 非儒、明鬼,皆为《墨子》篇名。亦墨子之主张。
③ 《晏子春秋》,景公谓晏子曰:"东海之中,有水而赤;其中有枣,华而不实,何也?"晏子对曰:"昔者秦缪公乘龙而理天下,以黄布裹蒸枣,至东海,而捐其布。彼黄布,故水赤;蒸枣,故华而不实。"
④ 《晏子春秋》:公孙捷、田开疆、古冶子事景公,勇而无礼。晏子言于公,馈之二桃,曰:"三子计功而食之。"公孙捷曰:"吾持楯而再搏乳虎,可以食桃。"田开疆曰:"吾杖兵而御三军者再,可以食桃。"古冶子曰:"吾尝从君以济河:有一鼋衔右骖以入砥柱之流,冶潜行水底,逆流百步,顺流九里,得鼋而杀之,左牵马尾,右挈鼋头,鹤跃而出。可以食桃矣。"二子曰:"吾勇不若子,功不逮子,取桃不让,是贪也。然而不死,无勇也。"皆反其桃,契领而死。古冶子曰:"二子死之,吾独生,不仁。"亦契领而死。校订者按:此即"二桃杀三士"典故的故实。
⑤ 诞,妄。
⑥ 刘向,见《辩列子》注。歆,为刘向之子。班固,见《辩鬼谷子》注。班彪为班固之父。

甚矣！数子之不详也。盖非齐人不能具其事，非墨子之徒则其言不若是。

后之录诸子书者，宜列之墨家。非晏子为墨也，为是书者墨之道也。

辩亢仓子①

太史公为②《庄周列传》，称其为书，畏累、亢桑子③，皆空言无事实。

今世有《亢桑子》书，其首篇出《庄子》，而益以庸言。盖周所云者，尚不能有事实，又况取其语而益之者，其为空言尤也。

刘向、班固录书，无《亢仓子》，而今之为术者，乃始为之传注④，以教于世，不亦惑乎！

---

① 亢，gēng，亢仓子，《庄子》作"庚桑楚"。楚，为名，庚桑，为姓。《史记》作"亢桑子"。其书系唐开元时王源所撰。
② 太史公，即司马迁。
③ 畏累，或作"畏垒"。山名。畏垒、亢桑子，均见于《庄子》。大抵皆寓言，故司马迁谓其"空言无事实"。
④ 按：《亢仓子》，有何璨注。子厚所云"今之为术者，乃始为之传注"，疑指此。

辩鹖冠子[①]

余读贾谊[②]《鵩赋》[③],嘉其词,而学者以为尽出《鹖冠子》[④]。

余往来京师,求《鹖冠子》,无所见;至长沙,始得其书。读之,尽鄙浅言也。惟谊所引用为美,馀无可者。吾意好事者伪为其书,反用《鵩赋》以文饰之,非谊所取之,决也。

[①] 《汉志》有《鹖冠子》一篇。鹖冠子,楚人。居深山,不显名氏,以鹖羽为冠,因自号焉。
[②] 贾谊,汉初人。
[③] 鵩,fú,即鸮鸟,不祥之鸟。贾谊谪居长沙,有鵩鸟飞入谊舍,止于座隅,谊因感而作赋。
[④] 按:《鹖冠子·世兵篇》,其词正与贾谊赋相乱。

太史公《伯夷列传》，称：贾子①曰："贪夫殉财，烈士殉名。夸②者死权。"不称《鹖冠子》。迁号为博极群书，假令当时有其书，迁岂不见耶？假令真有《鹖冠子》书，亦必不取《鵩赋》以充入之者。何以知其然耶？曰：不类。

---

① 即贾谊。
② 夸，华言无实。

天说

韩愈①谓柳子曰："若知天之说乎？吾为子言天之说。今夫人有疾痛、倦辱、饥寒甚者，因仰而呼天曰：'残民者昌，佑民者殃。'又仰而呼天曰：'何为使至此极戾也？'若是者举不能知天。夫果蓏②饮食既坏，虫生之。人之血气败逆壅底，为痈疡疣赘瘘痔③，虫生之。木朽而蝎④中，草腐而萤飞。

---

① 韩愈，字退之。柳宗元同时人。
② 蓏，luǒ，木实为果，草实为蓏。
③ 痈，yōng，痈、疽为外症疮疥之统称。赤肿者为痈，不赤肿者为疽。疡，yáng，头疮，见《左传》。又身疮为疡，见《礼记》。疣，yóu，赘，zhuì，赘疣，结肉。瘘，lòu，疮久曰瘘，俗谓之漏管。痔，zhì，痔疮。
④ 蝎，hé，木中蠹也，俗称蛀虫。

是岂不以坏而后出耶。物坏，虫由之生。元气阴阳之坏，人由之①生。虫之生而物益坏，食啮之，攻穴之，虫之祸物也滋甚。其有能去之者，有功于物者也。繁而息之者，物之仇也。人之坏元气阴阳也亦滋甚。垦原田，伐山林，凿泉以井饮，窾②墓以送死，而又穴为偃溲③，筑为墙垣城郭台榭观游④，疏为川渎沟洫陂池⑤，燧木以燔⑥，革金以镕⑦，陶甄琢磨⑧，悴然使天地万物不得其情，倖倖冲冲⑨，攻残败挠⑩而未尝息，其为祸元气阴阳也，不甚于虫之所为乎？吾意有能残斯人，使日薄⑪，岁削，祸元气阴阳者滋少，是则有功于天地者也。蕃而息之者，天

---

① 之，通行本作"而"，误。
② 窾，kuǎn，凿窍。
③ 偃，同堰。壅水为堰。溲，小便厕所。
④ 观游，观游之场所。
⑤ 渎，沟。沟洫，田间水道。陂，泽障，所以蓄水。
⑥ 燧，用以取火之木。燔，烧。
⑦ 革，改。镕，使金属融化为流质。
⑧ 陶甄，皆谓制瓦器。琢，以刀斫之，磨，以两物相擦使之光泽。指治玉器。
⑨ 倖倖，同"悻悻"，怒意。冲冲，冲突的样子。
⑩ 挠，败。
⑪ 薄，bó，逼迫。

天说

地之仇也。今夫人举不能知天，故为是呼且怨也。吾意天闻其呼且怨，则有功者受赏必大矣。其祸焉者，受罚亦大矣。子以吾言为何如？"

柳子曰："子诚有激而为是耶？则信辩且美矣。吾能终其说。彼上而玄者，世谓之天；下而黄者，世谓之地。浑然而中处者，世谓之元气；寒而暑者，世谓之阴阳。是虽大，无异果蓏痈痔草木也。假而有能去其攻穴者，是物也，其能有报乎？蕃而息之者，其能有怒乎？天地，大果蓏也。元气，大痈痔也。阴阳，大草木也。其乌能赏功而罚祸乎？功者自功，祸者自祸，欲望其赏罚者大谬。呼而怨，欲望其哀且仁者愈大谬矣。子而信子之仁义以游其内，生而①死尔，乌置存亡得丧于果蓏痈痔草木耶？"

---

① 而，犹"与"。

鹘说①

有鸷②曰鹘者，穴于长安③荐福浮图④有年矣。浮图之人⑤，室宇于其下者，伺之甚熟。

为余说之曰："冬日之夕，是鹘也，必取鸟之盈握者，完而致之以燠⑥其爪掌，左右而易之；旦则执而上浮图之跂⑦焉，纵之；延其首以望，极其所；如往，必背而去焉，苟东矣，则是日也不东

---

① 鹘，hú，鸷鸟，似鹰。
② 鸷，猛鸟。
③ 长安，唐都城。故城在今陕西西安市。
④ 荐福，寺名。浮图，塔。
⑤ 浮图之人，指佛教徒。
⑥ 燠，yù，暖。
⑦ 跂，qǐ，举踵。此处作名词用。

鹊说

逐,南北西亦然。"

呜呼!孰谓爪吻①毛翮之物而不为仁义器耶!是固无号位爵禄之欲,里闾亲戚朋友之爱也,出乎鷇卵②,而知攫食决裂之事尔,不为其他,凡食类之饥,唯旦为甚,今忍而释之,以有报也,是不亦卓然有立者乎?用其力而爱其死,以忘其饥,又远而违之,非仁义之道耶!恒其道,一其志,不欺其心,斯固世之所难得也。

余又疾夫今之说曰③:以煦煦而默,徐徐④而俯者,善之徒;以翘翘⑤而厉,炳炳而白⑥者,暴之徒。今夫枭鸺⑦晦于昼而神于夜;鼠不穴寝庙⑧,循墙而走,是不近于煦煦者耶?今夫鹊,其立趯⑨然,

---

① 吻,wěn,口边。
② 鷇,kòu,雏鸟须母哺食者曰鷇。卵,俗称为蛋。
③ 煦,xǔ,煦煦,温和的样子。
④ 徐徐,安稳的样子。
⑤ 翘翘,高竦的样子。
⑥ 炳炳而白,谓凶猛之彰著。
⑦ 枭,猛鸟。昼伏夜出,捕小鸟而食之。鸺,xiū,俗名猫头鹰。
⑧ 庙前曰庙,庙后曰寝。《左传》:"夫鼠昼伏夜动,不穴于寝庙,畏人故也。"
⑨ 趯,tì,趯然,跳的样子。

其动砉①然,其视的然②,其鸣革然③,是不近于翘翘者耶?由是而观其所为,则今之说为未得也。

孰若鹘者,吾愿从之。毛耶?翮耶?胡不我施?寂寥④泰清⑤,乐以忘饥。

① 砉然,皮骨相离声。
② 的然,明朗的样子。
③ 革然,形容鸣声之怪异。
④ 寂寥,寂寞无声。
⑤ 泰清,谓天空。

捕蛇者说

永州①之野产异蛇：黑质而白章，触草木，尽死。以啮②人，无御之者。然得而腊③之以为饵④，可以已大风、挛踠、瘘疬⑤，去死肌⑥，杀三虫⑦。其始，大医⑧以王命聚之，岁赋其二。募有能捕之者，当其租入。永之人争奔走焉。

---

① 永州，今湖南永州市。
② 啮，niè，咬。
③ 腊，xī，干肉。
④ 饵，ěr，药饵。
⑤ 挛，luán，踠，wǎn。挛踠为手足拳曲之病。瘘，见前《天说》注。疬，lì，恶疮，瘰疬。
⑥ 死肌，谓死肉。如痈疽之腐烂者。
⑦ 三虫，谓寄生于人体中之虫。"三虫"二字出道书。
⑧ 大，通"太"。太医，官名，主医药。

柳宗元文

有蒋氏者,专其利三世矣。问之,则曰:"吾祖死于是,吾父死于是,今吾嗣为之,十二年,几死者数矣。"言之,貌若甚戚①者。

余悲之,且曰:"若毒之乎?余将告于莅事者②,更若役,复若赋,则何如?"

蒋氏大戚,汪然出涕曰:"君将哀而生之乎?则吾斯役之不幸,未若复吾赋不幸之甚也。向吾不为斯役,则久已病矣。自吾氏三世居是乡,积于今,六十岁矣,而乡邻之生日蹙③。殚④其地之出,竭其庐之入,号呼而转徙⑤,饥渴而顿踣⑥,触风雨,犯寒暑,呼嘘毒疠⑦,往往而死者相藉⑧也。曩与吾祖居者,今其室十无一焉;与吾父居者,今其室十无二三焉;与吾居十二年者,今其室十无四五焉。

---

① 戚,qī,忧。
② 莅事者,谓当事之职官。
③ 蹙,cù,迫。
④ 殚,dān,尽。
⑤ 转徙,谓辗转迁徙。
⑥ 顿,困顿。踣,bó,跌倒。
⑦ 毒疠,疫气。
⑧ 相藉,相互垫着。此句谓死者之多。

捕蛇者说

非死而徙尔,而吾以捕蛇独存。悍①吏之来吾乡;叫嚣乎东西,隳突②乎南北,哗然而骇者,虽鸡狗不得宁焉。吾恂恂而起:视其缶,而吾蛇尚存。则弛然而卧。谨食之,时而献焉。退而甘食其土之有,以尽吾齿。盖一岁之犯死者二焉,其余,则熙熙而乐。岂若吾乡邻之旦旦有是哉。今虽死乎此,比吾乡邻之死,则已后矣。又安敢毒耶?"

余闻而愈悲。孔子曰:"苛政猛于虎也③!"吾尝疑乎是。今以蒋氏观之,尤④信。呜呼!孰知赋敛之毒,有甚是蛇者乎?故为之说,以俟夫观人风者得焉。

---

① 悍,凶暴。
② 隳,huī,毁坏。突,触。
③ 见《礼记·檀弓下》。
④ 尤,通行本作"犹"。犹,尤,虽可通,然以作"尤"为明了。

罴说

鹿畏䝙①，䝙畏虎，虎畏罴。罴之状：被发人立，绝有力而甚害人焉。

楚之南有猎者，能吹竹为百兽之音。昔云：持弓矢，罂火②，而即之山，为鹿鸣以感其类，伺其至，发火而射之。䝙闻其鹿也，趋而至。其人恐，因为虎而骇之。䝙走而虎至。愈恐，则又为罴。虎亦亡去。罴闻而求其类。至，则人也，捽③搏挽裂而食之。

今夫不善内而恃外者，未有不为罴之食也。

---

① 䝙，chū，兽名，大如狗，其纹如狸。
② 罂，yīng，瓦器。罂火，藏火于罂中。
③ 捽，zuó，手持。

宋清传

宋清,长安①西部药市人也。居②善药,有自山泽来者,必归宋清氏。清优主之。长安医工,得清药,辅其方,辄易雠③,咸誉清。疾病疕疡④者,亦皆乐就清求药,冀⑤速已。清皆乐然响应。虽不持钱者,皆与善药。积券如山,未尝诣取直。或不识,遥与券,清不为辞。岁终,度不能报,辄焚券,终不复言。

---

① 长安,唐都城。故城在今陕西西安市。
② 居,积,蓄。
③ 雠,有效验。《史记》:方尽多不雠。
④ 疕,pǐ,疡,yáng,头疮为疕,身疮为疡。
⑤ 冀,希望。

市人以其异,皆笑之曰:"清,蚩①妄人也。"或曰:"清其有道者欤!"

清闻之曰:"清,逐利以活妻子耳,非有道也。然谓我蚩妄者,亦谬。"

清居药四十年,所焚券者百数十人,或至大官,或连数州,受俸博,其馈遗清者相属于户;虽不能立报,而以赊死者千百,不害清之为富也。清之取利远,远,故大。岂若小市人哉,一不得直,则怫然②怒,再则骂而仇耳,彼之为利,不亦翦翦③乎,吾见蚩之有在也。

清诚以是得大利,又不为妄。执其道不废,卒以富。求者益众,其应益广。或斥弃沉废,亲与交视之落然者,清不以怠遇其人,必与善药如故。一旦复柄用,益厚报清。其远取利皆类此。

吾观今之交乎人者,炎而附,寒而弃,鲜有能类清之为者,世之言,徒曰市道交④。呜呼!清,市

---

① 蚩,无知识的样子。
② 怫然,发怒的样子。
③ 翦翦,短浅的样子。此谓所见不远,获利不多。
④ 市道交,谓市井交易之道,重利而忘义。

人也，今之交，有能望报如清之远者乎？幸而庶几则天下之穷困废辱，得不死亡者众矣，市道交岂可少耶？

或曰："清，非市道人也。"柳先生曰："清居市不为市之道，然而居朝廷，居官府，居庠塾①乡党，以士大夫自名者，反争为之不已，悲夫！然则清非独异于市人也。"

---

① 庠塾，古学校之名。《礼记·学记》："古之教者：家有塾，党有庠。"

种树郭橐驼传 ①

郭橐驼,不知始何名。病偻②,隆然伏行③,有类橐驼者,故乡人号之"驼"。驼闻之曰:"甚善!名我固当。"因舍其名,亦自谓"橐驼"云。

其乡曰丰乐乡,在长安④西。驼业种树,凡长安豪富人为观游⑤及卖果⑥者,皆争迎取养⑦。视驼所

---

① 橐驼,今通写作"骆驼",兽名,背有肉隆起,状甚丑。种树者郭姓,貌类骆驼,故人称为郭骆驼。
② 偻,lóu,背曲。
③ 伏行,谓伏地而行。
④ 长安,见前《宋清传》注。
⑤ 为观游,谓种树以供赏玩。
⑥ 卖果,谓种树采果以谋生。
⑦ 谓迎郭橐驼于家而养之。

种树，或移徙，无不活。且硕①茂蚤②实以蕃。他植者虽窥伺效慕，莫能如也。

有问之，对曰："橐驼非能使木寿且孳也，能顺木之天以致其性焉尔。凡植木之性：其本欲舒，其培欲平，其土欲故③，其筑欲密。既然已，勿动，勿虑，去不复顾。其莳④也若子，其置也若弃。则其天者全，而其性得矣。故吾不害其长而已，非有能硕茂之也；不抑耗其实而已，非有能蚤而蕃之也。他植者则不然。根拳而土易。其培之也，若不过焉，则不及。苟有能反是者，则又爱之太恩，忧之太勤，且视而暮抚，已去而复顾。甚者爪其肤以验其生枯，摇其本以观其疏密。而木之性日以离矣。虽曰爱之，其实害之；虽曰忧之，其实仇之。故不我若也。吾又何能为哉？"

问者曰："以子之道，移之官理，可乎？"驼曰："我知种树而已，理，非吾业也。然吾居乡，

---

① 硕，大。
② 蚤，通"早"。
③ 故，旧。
④ 莳，分种。

见长人者好烦其令,若甚怜焉,而卒以祸。旦暮,吏来而呼曰:'官命促尔耕,勖①尔植,督尔获②,蚤缫③而④绪⑤,蚤织而缕,字⑥而幼孩,遂而鸡豚。'鸣鼓而聚之,击木而召之。吾小人辍飧饔⑦以劳⑧吏者且不得暇,又何以蕃吾生而安吾性耶?故病且怠若是。则与吾业者其亦有类乎?"

问者嘻曰:"不亦善夫!吾问养树,得养人术。"传其事以为官戒⑨。

---

① 勖,xù,勉励。
② 获,刈谷。
③ 缫,sāo,抽茧出丝。
④ 而,汝。
⑤ 绪,丝之端。
⑥ 字,乳子。
⑦ 飧,sūn,饔,yōng,朝食曰饔,夕食曰飧。辍飧饔谓朝夕不暇食。
⑧ 劳,lào,慰,迎。
⑨ 通行本"戒"字下多一"也"字。

童区寄传①

柳先生曰：越②人少恩，生男女，必货视之。自毁齿③已④上，父兄鬻卖以觊⑤其利。不足，则取他室束缚钳⑥梏⑦之，至有须鬣⑧者。力不胜，皆屈为僮。当道相贼杀以为俗。幸得壮大，则缚取幺弱⑨者。汉官⑩因为己利，苟得僮，恣所为，不问。

① 童，谓童子。区，ōu，姓。寄，名。
② 越，同"粤"。今江、浙、福建、两广之地，古统谓之百粤。
③ 毁齿，八岁曰毁齿。《白虎通》："八岁毁齿，始有知识。"
④ 已，通"以"。
⑤ 觊，jì，冀望。
⑥ 钳，古刑具，如铁链，所以束颈者。
⑦ 梏，古刑具，以木为之，加于手上。
⑧ 鬣，liè，长须。
⑨ 幺弱，小弱。
⑩ 汉官，谓汉人所设之官，以治夷人者。

以是越中户口滋耗①,少得自脱。惟童区寄以十一岁胜,斯亦奇矣。

桂部从事杜周士②为余言之。童寄者郴州③荛牧④儿也。行牧且荛,二豪贼劫持反接,布囊其口,去逾四十里之虚⑤所卖之。寄伪儿啼恐栗,为儿恒状。贼易之。对饮酒,醉。一人去为市,一人卧,植刃道上。童微伺其睡,以缚背刃,力下上,得绝。因取刃杀之。逃。未及远,市者还,得童,大骇,将杀童。遽曰:"为两郎⑥僮,孰若为一郎僮耶?彼不我恩也。郎诚见完与恩,无所不可。"市者良久计曰:"与其杀是僮,孰若卖之。与其卖而分,孰若吾得专焉。幸而杀彼,甚善。"即藏其尸,持童抵主人所。愈束缚,牢甚。夜半,童自转,以缚即炉火烧绝之。虽疮手勿惮。复取刃杀市者。因

---

① 耗,少。
② 杜周士,于元和中为桂管从事。从事,官名。唐时广、桂、容、邕、安南,皆属广府,谓之岭南五管。
③ 郴,chēn,郴州,今湖南郴州市。
④ 荛,采薪。牧,牧牲畜。
⑤ 虚,通"墟"。南越方言,谓野市曰墟。
⑥ 郎,为称谓。此处对盗而言。

童区寄传

大号,一虚皆惊。童曰:"我区氏儿也,不当为僮。贼二人得我,我幸皆杀之矣。愿以闻于官。"虚吏白州,州白大府,大府召视儿,幼愿①耳。刺史颜证②奇之,留为小吏,不肯。与衣裳,吏护还之乡。乡之行劫缚者,侧目莫敢过其门。皆曰:"是儿少秦武阳二岁,而讨杀二豪,岂可近耶!"

---

① 愿,谨慎。
② 颜证,颜杲卿之孙。时为桂管刺史观察史。

梓人传①

　　裴封叔②之第,在光德里。有梓人款③其门,愿佣④隙宇而处焉。

　　所职,寻、引⑤、规、矩、绳、墨,家不居砻斫之器。问其能,曰:"吾善度材。视栋宇之制,高深圆方短长之宜,吾指使而群工役焉。舍我,众莫能就一宇。故食于官府,吾受禄三倍;作于私家,吾收其直太半焉。"

---

① 梓人,攻木之工,俗谓木匠。
② 裴封叔,名瑾。子厚之姊夫。
③ 款,叩。
④ 佣,谓赁。
⑤ 所以度长短之器。八尺曰寻,十丈曰引。

梓人传

他日，入其室，其床阙足而不能理。曰："将求他工。"余甚笑之，谓其无能而贪禄嗜货者。

其后京兆尹将饰官署，余往过焉。委群材，会众工，或执斧斤，或执刀锯，皆环立向之。梓人左持引，右执杖而中处焉。量栋宇之任，视木之能。举挥其杖，曰："斧！"彼执斧者奔而右。顾而指曰："锯！"彼执锯者趋而左。俄而斤者斫，刀者削，皆视其色，俟其言，莫敢自断者。其不胜任者，怒而退之，亦莫敢愠焉。画宫于堵①，盈尺，而曲尽其制，计其毫厘而构大厦，无进退焉。既成，书于上栋②曰："某年某月某日某建"。则其姓字也。凡执用之工不在列。余圜视③大骇，然后知其术之工大矣。

继而叹曰："彼将舍其手艺，专其心智，而能知体要者欤！吾闻劳心者役人，劳力者役于人，彼其劳心者欤！能者用而智者谋，彼其智者欤！是足为佐天子，相天下法矣。物莫近乎此也。彼为天下

---

① 堵，墙垣。此谓画宫室之图于墙壁上。
② 上栋，梁。
③ 圜，通"环"。圜视，犹言四顾。

者本于人。其执役者为徒隶①,为乡师、里胥②。其上为下士③,又其上为中士,为上士。又其上为大夫,为卿,为公。离而为六职④,判而为百役。外薄⑤四海,有方伯⑥,连率⑦,郡有守⑧,邑有宰⑨,皆有佐政⑩。其下有胥吏⑪,又其下皆有啬夫⑫,版尹⑬以就役焉。犹众工之各有执伎以食力也。彼佐天子,相天下

---

① 徒隶,供徭役者。
② 乡师,谓一乡之长。里胥,谓一里之长。校订者按:《周礼》设官分职有乡师一职,属地官,主管辖区内的教育和吏治。
③ 三代时,官职以卿相、大夫、士三者为等级。而士又分上中下三级。
④ 六职,见《周礼·考工记》。六职者,王公、士大夫、百工、商旅、农夫、妇功等。校订者按:《考工记》总叙云:"国有六职,百工与居一焉。……坐而论道,谓之王公;作而行之,谓之士大夫;审曲面势,认饬五材,以辨民器,谓之百工,饬力以长地财,谓之农夫;治丝麻以成之,谓之妇功。"
⑤ 薄,被的意思。
⑥ 方伯,一方诸侯之长。
⑦ 连率,亦作"连帅"。十国诸侯之长。古者十国为连,连有帅。
⑧ 守,一郡之长官。
⑨ 宰,一邑之长官。
⑩ 佐政,谓辅贰之官。
⑪ 胥吏,公家所用掌理案牍之吏。
⑫ 啬夫,掌听讼收赋税之吏。
⑬ 版尹,掌户口版图之吏。

者，举而加焉，指而使焉，条其纲纪而盈缩焉，齐其法制而整顿焉。犹梓人之有规矩绳墨以定制也。择天下之士，使称其职，居天下之人，使安其业，视都知野，视野知国，视国知天下，其远迩细大，可手据其图而究焉。犹梓人画宫于堵而绩于成也。能者进而由之，使无所德，不能者退而休之，亦莫敢愠，不炫能，不矜名，不亲小劳，不侵众官，日与天下之英才，讨论其大经。犹梓人之善运众工而不伐艺也。夫然后相道得而万国理矣。相道既得，万国既理，天下举首而望曰："吾相之功也！"后之人循迹而慕曰："彼相之才也！"士或谈殷、周之理者曰：伊、傅、周、召①，其百执事之勤劳而不得纪焉。犹梓人自名其功，而执用者不列也。大哉相乎！通是道者，所谓相而已矣。其不知体要者反此。以恪勤为公，以簿书②为尊，炫③能矜名，亲小劳，侵众官，窃取六职百役之事，听听④于府庭，

---

① 伊，伊尹，傅，傅说，周，周公，召，召公。
② 簿书，钱谷出纳之簿籍。此处谓躬亲其事。
③ 炫，xuàn，自夸。
④ 听，yín，听听，笑的样子。

而遗其大者远者焉，所谓不通是道者也。犹梓人而不知绳墨之曲直，规矩之方圆，寻引之短长，姑夺众工之斧斤刀锯以佐其艺，又不能备其工，以至败绩，用而无所成也，不亦谬欤！"

或曰："彼主为室者，倘或发其私智，牵制梓人之虑，夺其世守，而道谋①是用。虽不能成功，岂其罪耶。亦在任之而已。"

余曰："不然。夫绳墨诚陈，规矩诚设，高者不可抑而下也，狭者不可张而广也。由我则固，不由我则圮，彼将乐去固而就圮也，则卷②其术，默其智，悠尔而去，不屈吾道，是诚良梓人耳。其或嗜其货利，忍而不能舍也，丧其制量，屈而不能守也，栋桡屋坏，则曰：'非我罪也！'可乎哉？可乎哉？"

余谓梓人之道类于相，故书而藏之。梓人，盖古之审曲面势者，今谓之"都料匠"云。余所遇者杨氏，潜其名。

---

① 道谋，《诗》："如彼筑室于道谋，是用不溃于成。"谓筑室谋于道路之人，而事不能成。
② 卷，谓藏。

蝜蝂传①

蝜蝂者,善负小虫也。行遇物,辄持取,卬②其首,负之。背愈重,虽困剧不止也。其背甚涩③,物积因不散。卒踬仆④,不能起。人或怜之,为去其负。苟能行,又持取如故。又好上高,极其力不已,至坠地死。

今世之嗜取者,遇货不避,以厚其室,不知为己累也,唯恐其不积。及其怠而踬也,黜弃之,迁

---

① 蝜,fù,蝂,bǎn,蝜蝂,虫名。子厚此文,盖为寓言。
② 卬,áng,通"仰"。
③ 涩,sè,凝滞,不滑。
④ 踬,zhì,有所阻碍而颠仆。仆,pū,向前覆。

徙之，亦以病矣。苟能起，又不艾①。日思高其位，大其禄，而贪取滋甚，以近于危坠。观前之死亡不知戒。虽其形魁然②大者也，其名人也，而智则小虫也。亦足哀夫！

---

① 艾，止。
② 魁然，高大的样子。

三戒

吾恒恶世之人，不知推己之本，而乘物以逞或依势以干非其类，出技以怒强，窃时以肆暴，然卒迨于祸。有客谈麋①、驴、鼠三物，似其事，作《三戒》。

---

① 麋，mí，鹿类，似鹿而大。

临江之麋①

临江之人，畋②得麋麑③，畜之。入门，群犬垂涎，扬尾皆来。其人怒，怛④之。自是日抱就犬，习示之，使勿动。稍使与之戏。

积久，犬皆如人意。麋稍大，忘己之麋也，以为犬良我友，抵触偃仆，益狎。犬畏主人，与之俯仰甚善，然时啖⑤其舌。

三年，麋出门外，见外犬在道甚众，走欲与为

---

① 临江，唐县名。今江西樟树市。
② 畋，tián，田猎。
③ 麑，ní，鹿子。
④ 怛，dá，恐吓。
⑤ 啖，dàn，啖其舌，谓犬自舐其舌，而不敢啗麋麑。

三戒

戏。外犬见而喜且怒,共杀食之,狼藉①道上。麋至死不悟。

① 狼藉,散乱。

黔之驴 ①

黔无驴，有好事者船载以入。至，则无可用，放之山下。虎见之，尨②然大物也，以为神。蔽林间窥之。稍出近之。憖憖③然，莫相知。

他日，驴一鸣，虎大骇。远遁，以为且噬④己也，甚恐。然往来视之，觉无异能者。益习其声，又近出前后，终不敢搏。稍近，益狎，荡倚冲冒。驴不胜怒，蹄之⑤。虎因喜，计之曰："技止此耳！"

---

① 黔，qián，今贵州省境。
② 尨，máng，尨然，大。
③ 憖，yín，憖憖，敬谨的样子。
④ 噬，shì，咬。
⑤ "蹄"字作动词用，谓驴以蹄踢虎。

三戒

因跳踉①大㘎②,断其喉,尽其肉,乃去。

噫!形之庞也类有德,声之宏也类有能,向不出其技,虎虽猛,疑畏卒不敢取。今若是焉,悲夫!

---

① 跳踉,足乱动的样子。
② 㘎,dàn,吃。

永某氏之鼠[①]

永有某氏者,畏日[②],拘忌异甚。以为己生岁直子,鼠,子神也,因爱鼠。不畜猫犬,禁僮勿击鼠。仓廪庖厨,悉以恣鼠,不问。

由是鼠相告,皆来某氏,饱食而无祸。某氏室无完器,槚[③]无完衣,饮食大率鼠之馀也。昼累累[④]与人兼行,夜则窃啮斗暴,其声万状,不可以寝,终不厌。

数岁,某氏徙居他州。后人来居,鼠为态如

---

① 永谓永州。今湖南永州市。
② 畏日,谓畏犯"日忌"。
③ 槚,yí,衣架。
④ 累累,相连属的样子。

三戒

故。其人曰:"是阴类恶物也。盗暴尤甚。且何以至是乎哉!"假五六猫,阖门,撤瓦灌穴[①],购僮罗捕之。杀鼠如丘,弃之隐处,臭数月乃已。

呜呼!彼以其饱食无祸为可恒也哉!

[①] 撤瓦,谓除去屋瓦。灌穴,谓注水于穴。皆为捕鼠的方法。

柳宗直西汉文类序[①]

左、右史混久矣，言、事驳乱[②]。《尚书》《春秋》之旨不立。自左丘明传孔氏[③]，太史公述历古今，合而为《史记》[④]，迄于今，交错相纠[⑤]，莫能离其说。独左氏《国语》[⑥]，纪言不参于事；《战国策》《春秋后语》[⑦]，颇本古史《尚书》之制。然无古圣人

---

① 柳宗直，字正夫。为子厚从父弟。
② 《汉书》：左史记言，右史记事；事为《春秋》，言为《尚书》。左右史，古分为二。此言左、右相混不分，而言、事驳乱。
③ 左丘明，鲁之太史，述孔子《春秋》而作传。
④ 太史公，汉司马迁。作《史记》，起黄帝，迄汉武。
⑤ 纠，戾，合。
⑥ 《国语》，亦为左丘明作。
⑦ 《战国策》，为先秦人记战国时策士事，汉刘向辑为一编。《春秋后语》，晋孔衍作，采取《战国策》及《史记》所记，参其同异，而为此编，今逸。

蔚然之道，大抵促数耗矣。而后之文者宠之。文之近古而尤壮丽，莫若汉之西京①。班固书②传之。吾尝病其畔散不属，无以考其变，欲采比义；会年长，疾作，驽堕③愈日甚，未能胜也。

幸吾弟宗直爱古书，乐而成之。搜讨磔裂，捃摭④融结，离而同之，与类推移。不易时月而咸得从其条贯。森然若开群玉之府⑤，指挥联累，圭璋琮璜⑥之状，各有列位，不失其序，虽第其价⑦可也。

以文观之，则赋、颂、诗、歌，书、奏、诏、策，辩、论之辞毕具。以语观之，则右史纪言，《尚书》《战国策》成败兴坏之说大备。无不苞也。噫！是可以为学者之端耶。

始吾少时，有路子者，自赞为是书，吾嘉而

---

① 后汉都洛阳，称前汉之长安为西京。
② 班固书谓《前汉书》。
③ 驽堕谓驽劣、堕落。
④ 攟摭，jùn zhí，罗取。
⑤ 群玉之府谓藏书册之府也。《穆天子传》：至于群玉之山，先王之所谓策府。语本此。
⑥ 圭璋琮璜，皆玉名，因言群玉，故以之比书册。
⑦ 第其价，谓次第其价值。

叙其意，而其书终莫能具。卒俟宗直也。故删取其叙，系于左，以为《西汉文类》首纪。

殷、周之前，其文简而野①；魏晋以降，则荡而靡②。得其中者，汉氏。汉氏之东，则既衰矣。当文帝③时，始得贾生④，明儒术；武帝⑤尤好焉，而公孙弘、董仲舒、司马迁、相如⑥之徒作，风雅益盛，敷施天下，自天子至公卿、大夫、士、庶人咸通焉，于是宣于诏、策，达于奏、议，讽于辞、赋，传于歌、谣；由高帝讫于哀、平、王莽之诛，四方之文章，盖烂然⑦矣。史臣班孟坚⑧修其书，拔其尤者，充于简册，则二百三十年间，列辟⑨之达道，

---

① 质胜文谓之野。
② 荡，放荡。靡，华美。
③ 高帝子。
④ 贾谊，见前《辩鹖冠子》注。
⑤ 武帝，景帝子，文帝孙。
⑥ 公孙弘，武帝时人，初举贤良，对策第一。董仲舒，武帝时人，有《天人三策》《春秋繁露》。司马迁，武帝时人，著《史记》。司马相如，字长卿，武帝时以词赋著名。
⑦ 烂然，光明的样子。
⑧ 孟坚为班固之字，固著《汉书》。
⑨ 辟，君。

名臣之大范,贤能之志业,黔黎①之风习列焉。若乃合其英精,离其变通,论次其叙位,必俟学古者兴行之。唐兴,用文理;贞元②间,文章特盛,本之三代③,浃于汉氏,与之相准。于是有能者,取孟坚书,类其文,次其先后,为四十卷。

---

① 黔,黔首;黎,黎民。皆民。
② 贞元,德宗年号。
③ 三代谓夏、商、周。

送薛存义之任序[①]

河东[②]薛存义将行，柳子载肉于俎，崇酒于觞，追而送之江之[③]浒[④]，饮食之[⑤]。

且告曰："凡吏于土者，若知其职乎？盖民之役，非以役民而已也。凡民之食于土者，出其十一，佣乎吏，使司平于我也。今我受其直，怠其事者，天下皆然。岂惟怠之，又从而盗之。向使佣

---

① 薛存义，亦河东人。与子厚同里。蒋之翘注：一本无"之任"二字，盖存义令永州之零陵，其去也，子厚序而送之。参看本篇第三节。按：此篇阐明民权之理，远在黄梨洲《原君》之前。
② 河东，今山西境内黄河以东之地。
③ 通行本作"江浒"，无"之"字.
④ 浒，hǔ，水涯。
⑤ 食，sì，饮食之，让他喝酒、吃肉。

一夫于家，受若值，怠若事，又盗若货器，则必甚怒而黜罚之矣。以今天下多类此而民莫敢肆其怒与黜罚，何哉？势不同也。势不同而理同，如吾民何？有达于理者，得不恐而畏乎？"

存义假令零陵二年矣。蚤作而夜思，勤力而劳心，讼者平，赋者均，老弱无怀诈暴憎。其为不虚取直也的①矣，其知恐而畏也审矣。

吾贱且辱，不得与考绩幽明②之说；于其往也，故赏以酒肉而重之以辞。

---

① 的，确实，的确。
② 《书》：三载考绩，三考，黜陟幽、明。谓三载一考，三考，则能否，幽明有别。黜退其幽者，而升进其明者。

送从弟谋归江陵序[①]

吾与谋由高祖王父而异,谋少吾二岁。往时在长安,居相迩也,与谋皆甚少,独见谋在众少言,好经书,心异之。其后吾为京兆从事[②],谋来举进士,复相得。益知谋盛为文辞,通外家书[③],一再不胜,惧禄养之缓,弃去,为广州从事,复佐邕州[④],连得荐举至御史。

后以智免归,家江陵。有宅一区,环之以桑。有僮指[⑤]三百,有田五百亩,树之谷,艺之麻,养

---

① 江陵,唐郡名。今湖北荆州。
② 京兆,犹言京师。从事,佐吏之称。
③ 外家书,谓外教之书,指佛书。
④ 邕州,今广西南宁。
⑤ 僮指,谓僮仆。指用以计人口之数。如今俗言"食指浩繁"就是指的这个。

送从弟谋归江陵序

有牲,出有车,无求于人,日率诸弟具滑甘丰柔①,视寒暖之宜。其隙则读书,讲古人所谓"求其道之至"者以相励也。

过永州②,为吾留信次③,具道其所为者。凡士人居家,孝悌恭俭;为吏,祗肃;出则信,入则厚;足其家,不以非道;进其身,不以苟得;时退则退,尊老无井臼之劳④,安和而益寿;兄弟衎衎⑤以相友,不谋食而食给,不谋道而道显;则谋之去进士,为从事于远,始也吾疑焉,今也吾是焉。别九岁而会于此。视其貌益伟,问其业益习,叩其志益坚。

於虖⑥!吾宗不振久矣。识者曰:今之世,稍有人焉;若谋之出处,庸非所谓人欤!

或问管仲,孔子曰:人也⑦。谋虽不试,于管

---

① 滑甘丰柔谓美食。
② 永州,今湖南永州市。
③ 信次,凡师:一宿为舍,再宿为信,过信为次。见《左传》。
④ 井臼之劳谓汲水,舂米之役。
⑤ 衎衎,kàn kàn,安定的样子。
⑥ 於虖,同"呜呼"。
⑦ 见《论语》。

仲，其为道无悖，亦可以有是名也。抑又闻：圣人之道，学焉而必至。谋之业良矣，而又增焉；志专矣，而又若不足焉。孔子之门，不当管、晏，则谋之为人也其可度哉！

吾不智，触罪，摈①越、楚②间，六年，筑室茨草③，为圃乎湘之西④，穿池可以渔，种黍可以酒，甘终为永州民；又恨徒费禄食而无所答，下愧农夫，上惭王官，追计往时咎过，日夜反覆，无一食而安于口，平于心。若是者岂不以少好名誉，嗜味得毒⑤而至于是耶。用是愈贤谋之去进士，为从事，以足其家，终始孝悌。今虽羡之，岂复可得！

谋在南方，有令名，其所为日闻于人。吾恐谋不幸，又为吾之所悔者，将已之而不能得，可若

---

① 摈，斥逐。
② 越楚间，指永州。永州，在今湖南永州市，而与广东相近；古于湖南亦称楚，于广东亦称南越，故曰"越、楚间"云。
③ 茨草，以茅盖屋。
④ 湘之西，谓湘水之西，亦指永州。
⑤ 嗜味得毒，见《国语》。单襄公谓鲁成公曰："高位实疾颠，厚味实腊毒。"

何？然谋以信厚少言，蓄其志以周于事，虽履吾迹，将不至乎吾之祸。则谋何悔之有。苟能是，虽至于大富贵，又何栗耶！振吾宗者，其惟望乎尔！

送僧浩初序①

儒者韩退之②与余善，尝病余嗜浮图③言，訾④余与浮图游。近陇西⑤李生础自东都⑥来，退之又寓书罪余，且曰：见《送元生序》⑦。不斥浮图，浮图诚有不可斥者，往往与《易》《论语》合，诚乐之。其于性情奭然⑧，不与孔子异道。

---

① 按：读此文，可见子厚思想之一斑。
② 退之，为韩愈之字。愈为子厚同时人，以文名。
③ 浮图，指僧。
④ 訾，zǐ，议人过失。
⑤ 陇西，今甘肃陇西县。
⑥ 东都，今河南洛阳市。
⑦ 子厚有《送元十八山人南游序》。
⑧ 奭，shì，奭然，愉快的样子。

送僧浩初序

退之好儒,未能过扬子①;扬子之书,于庄、墨、申、韩,皆有取焉②。浮图者,反不及庄、墨、申、韩之怪僻险贼耶?曰:以其夷③也。果不信道而斥焉以夷,则将友恶来、盗跖④,而贱季札、由余⑤乎?非所谓去名求实者矣。吾之所取者,与《易》《论语》合,虽圣人复生,不可得而斥也。

退之所罪者,其迹也。曰:髡而缁⑥,无夫妇父子,不为耕农蚕桑而活乎人。若是,虽吾亦不乐也。退之忿其外而遗其中,是知石而不知韫玉⑦也。吾之所以嗜浮图之言以此。与其人游者,非必能通其言也。且凡为其道者,不爱官,不争能,乐山

---

① 扬子,扬雄。西汉末人。著《法言》《太玄经》等书。
② 庄周、墨翟、申不害、韩非。按:扬子云:"庄周有取乎?曰:少欲。"又云:"庄、杨荡而不法,墨、晏俭而废礼,申、韩险而无化。"是扬子只取庄周,不取墨翟与申、韩。子厚此言有误。
③ 夷犹言外国。
④ 恶来,商纣之臣。盗跖,柳下惠弟。皆凶人。
⑤ 季札,春秋时吴季子。让国不受,封于延陵,号延陵季子。由余,春秋西戎人。秦穆公用其谋,拓地千里,遂霸西戎。
⑥ 髡,剃发。缁,黑色。僧曰"缁流",因衣黑衣,故名。
⑦ 韫,藏。韫玉谓藏于石中之玉。

水而嗜闲安者为多。吾病世之逐逐然唯印组①为务，以相轧也，则舍是其焉从。吾之好与浮图游以此。

今浩初闲其性，安其情，读其书，通《易》《论语》，唯山水之乐，有文而文之，又父子咸为其道，以养而居，泊焉而无求；则其贤于为庄、墨、申、韩之言，而逐逐然唯印组为务以相轧者，其亦远矣。

李生础，与浩初又善，今之往也，以吾言示之。因北人寓退之，视何如也。

---

① 印谓官吏之印。组，丝条，以承印环者。

愚溪诗序[①]

　　灌[②]之阳，有溪焉，东流入于潇水[③]。或曰：冉氏尝居也，故姓是溪曰冉溪。或曰：可以染也，名之以其能，故谓之染溪。余以愚触罪，谪潇水上，爱是溪，入二三里，得其尤绝者家焉。古有愚公谷[④]，今余家是溪，而名莫能定[⑤]，土之居者犹龂龂然[⑥]，不可以不更[⑦]也。故更之为愚溪。

---

① 愚溪见本文。
② 灌水为潇水之支流。潇水，见下。
③ 潇水在今湖南道县北。源出潇山，故名潇水。校订者按：是湘江上游最大的一条支流。
④ 愚公谷，见《说苑》。齐桓公出猎，逐鹿，入山谷中，见一老人，问曰："是为何谷？"对曰："愚公之谷。"桓公问其故曰："以臣名之。"
⑤ 通行本作"莫能定"。
⑥ 龂，yín，龂龂然，争辩的样子。
⑦ 更，gēng，易。此谓更易其名。

柳宗元文

愚溪之上，买小丘，为愚丘。自愚丘东北行六十步，得泉焉，又买居之，为愚泉。愚泉凡六穴，皆出山下平地，盖上出也。合流屈曲而南，为愚沟。遂负土，累石，塞其隘，为愚池。愚池之东为愚堂。其南为愚亭。池之中为愚岛，嘉木、异石错置，皆山水之奇者，以余故，咸以愚辱焉。

夫水，智者乐也[1]；今是溪独见辱于愚，何哉？盖其流甚下，不可以溉灌；又峻急多坻[2]石，大舟不可入也；幽邃浅狭，蛟龙不屑[3]，不能兴云雨，无以利世；而适类于余，然则虽辱而愚之，可也。

宁武子邦无道则愚[4]，智而为愚者也；颜子终日不违如愚[5]，睿[6]而为愚者也。皆不得为真愚。今余遭有道，而违于理，悖于事，故凡为愚者莫我若

---

[1] 乐，yào，喜好。《论语》：智者乐水。
[2] 坻，chí，水中高地。
[3] 不屑，犹言"不屑居"。
[4] 《论语》："宁武子，邦有道则智，邦无道则愚。其智可及也，其愚不可及也。"按：此言非真愚。
[5] 《论语》：子曰："吾与回言，终日不违，如愚。退而省其私，亦足以发。回也不愚。"
[6] 睿，ruì，深明的样子。

愚溪诗序

也。夫然,则天下莫能争是溪,余得专而名焉。

溪虽莫利于世,而善鉴万类;清莹秀彻,锵鸣金石;能使愚者喜笑眷慕,乐而不能去也。余虽不合于俗,亦颇以文墨自慰,漱涤万物,牢笼百态,而无所避之。以愚辞歌愚溪,则茫然而不违,昏然而同归,超鸿蒙①,混希夷②,寂寥而莫我知也。于是作《八愚诗》,纪于溪石上。

---

① 鸿蒙,自然元气。
② 《老子》:"听之不闻名曰希,视之不见名曰夷。"

愚溪对 ①

柳子名愚溪而居。五日，溪之神夜见梦曰："子何辱予，使予为愚耶？有其实者，名固从之。今予固若是耶？予闻闽②有水：生毒雾疠气③，中之者，温屯呕泄④。藏石，走濑，连舻糜解⑤。有鱼焉：锯齿，锋尾，而兽蹄⑥。是食人，必断而跃之，乃仰

---

① 愚溪，见《愚溪诗序》注。子厚谪居永州，郁郁不自得；乃以"愚"名其所居之溪，复托言愚溪之神与己问答，而著此文。略与屈原之《渔父》相似。又：此首旧编在《天说》等文之前。今因子厚作此文，应在作《愚溪诗序》后，故移置于此。
② 闽，今福建省地。
③ 疠气，疫气。
④ 温，热病。屯，积。谓患积滞之病。呕，吐。泄，泻。
⑤ 舻，船头刺櫂处。连舻，谓其多。糜解，谓船触石而破碎。
⑥ 锋尾与锯齿对言。或作："蜂尾"与"兽蹄"对言，非是。盖蜂刺甚细弱，不足以状大鱼之尾。

愚溪对

噬焉。故其名曰恶溪①。西海有水：散涣而无力，不能负芥，投之，则委靡垫②没，及底而后止。故其名曰弱水③。秦有水：掎汩泥淖④，挠混沙砾⑤。视之分寸，眙⑥若睨⑦壁。浅深险易，昧昧不觌。乃合清渭⑧，以自彰秽迹⑨。故其名曰浊泾⑩。雍⑪之西有水：幽险若漆，不知其所出。故其名曰黑水⑫。夫恶、弱，六极也⑬。浊、黑，贱名也。彼得之而不辞，穷万世而不变者，有其实也。今予，甚清与美，为子

---

① 恶溪旧注谓：广东潮安县有鳄溪，产鳄鱼，为人害，一称恶溪；此处云闽，大抵潮安为古闽南、两粤之界，故云云。然余窃以为此处恶溪二字，未必实指某地。亦犹下文弱水，不必真有其地。
② 垫，diàn，陷。
③ 弱水，其水无力，不能浮物。此二字出《山海经》，未必真有其地。
④ 掎，jǐ，偏引。汩，gǔ，没。淖，nào，泥。
⑤ 砾，lì，碎石如砂而较大者。
⑥ 眙，chì，直视。
⑦ 睨，nì，斜视。
⑧ 清渭，渭水。源出甘肃，东流入陕西境。
⑨ 谓浊泾与清渭相较而自彰其浊。
⑩ 浊泾，泾水。源出甘肃，东流至陕西入于渭。
⑪ 雍，《禹贡》九州之一。今陕西、甘肃及青海一部分之地。
⑫ 黑水，在今甘肃。
⑬ 按：六极一曰凶短折，二曰疾，三曰忧，四曰贫，五曰恶，六曰弱。此言恶、弱六极，意谓恶、弱为六极之二。

所喜。而又功可以及圃畦①,力可以载方舟②,朝夕者济焉。子幸择而居予,而辱以无实之名以为'愚',卒不见德而肆其诬,岂终不可革耶?"

柳子对曰:"汝诚无其实。然以吾之愚而独好汝,汝恶得避是名耶。且汝不见贪泉③乎。有饮而南者,见交趾④宝货之多,光溢于目,思以两手左右攫而怀之。岂泉之实耶?过而往,贪焉,犹以为名。今汝独招愚者居焉,久留而不去,虽欲革其名,不可得矣。夫明王之时:智者用,愚者伏。用者宜迩,伏者宜远。今汝之托也,远王都三千馀里,仄僻回隐,蒸郁之与曹⑤,螺蚌之与居⑥,唯触罪摈⑦辱,愚陋黜伏者,日骎骎⑧以游汝,闯闯⑨以守

---

① 种蔬果之园曰圃。田一区曰一畦。
② 方舟,两舟相并而行。
③ 旧注:去广州二十里,地名石门,水曰贪泉,饮者怀无厌之欲。按:饮贪泉则贪,非事实所宜有,子厚于此,已说得很明白了。
④ 交趾,汉置交阯郡。
⑤ 蒸郁,湿热之气。曹,偶,侣。谓与湿热之气为偶。
⑥ 谓与螺、蚌同居。
⑦ 摈,斥,逐。
⑧ 骎骎,马疾行的样子。
⑨ 闯闯,马出门的样子。

愚溪对

汝，汝欲为智乎？胡不呼今之聪明皎厉，握天子有司之柄，以生育天下者，使一经于汝；而唯我独处。汝既不能得彼，而见获于我，是则汝之实也。当汝为愚，而犹以为诬，宁有说耶？"

曰："是则然矣。敢问：子之愚，何如而可以及我？"

柳子曰："汝欲穷我之愚说耶？虽极汝之所往，不足以申吾喙；涸汝之所流，不足以濡吾翰。姑示子其略：吾茫洋乎无知。冰雪之交，众裘，我绤①。溽暑之铄，众从之风，而我从之火。吾荡而趋②，不知太行之异乎九衢③，以败吾车。吾放而游，不知吕梁④之异乎安流⑤，以没吾舟。吾足蹈坎井，头抵木石，冲冒榛棘，僵仆虺蜴⑥，而不知怵惕⑦。何丧何

---

① 绤，chī，细葛布。为夏日所服。
② 荡，行动的样子。趋，疾行。
③ 行，háng，太行山名。古人言山之险者，多称太行为代表。九衢，按：《尔雅》："四达谓之衢，九达谓之逵。"今云"九衢"，不知何据。大意谓大道。
④ 吕梁，见《庄子》。谓："孔子观于吕梁：悬水三千仞，流沫四十里。"然未必实有其地。旧注谓：在今江苏铜山县。似附会。
⑤ 安流谓清浅之水。无波涛。
⑥ 虺，huǐ，蛇。蜴，yì，蜥蜴。
⑦ 怵，chù，惕，tì，怵惕，恐惧的样子。

得？进不为盈，退不为抑，荒凉昏默，卒不自克。此其大凡者也。愿以是污汝，可乎？"

于是溪神深思而叹曰："嘻！有余矣。是及我也。"因俯而羞，仰而吁，涕泣交流，举手而辞。一晦，一明，觉而莫知所之。遂书其对。

潭州东池戴氏堂记①

弘农公②刺潭三年，因东泉为池，环之九里。丘陵林麓③距其涯，坻④岛洲渚交其中，其岸之突而出者，水萦⑤之若玦⑥焉。池之胜，于是⑦为最。

公曰："是非离世乐道者，不宜有此。"卒授宾客之选者。

谯国戴氏曰简⑧，为堂而居之。堂成，而胜益

---

① 潭州，今湖南长沙。戴氏，见本文。
② 弘农，地名。弘农公谓杨凭。凭，为弘农人，故云云。
③ 麓，lù，山足。
④ 坻，水中高地。
⑤ 萦，绕。
⑥ 玦，jué，玉佩半环曰玦。
⑦ 是，指上文"其岸之突而出者"。"于是"二字非连读。
⑧ 姓戴，名简。

奇。望之，若连舻，縻舰，与波上下。就之，颠倒万物，辽廓眇忽。树之松柏杉櫧①，被之菱芡芙蕖②。郁然而阴，粲然而荣。凡观望浮游③之美，专于戴氏矣。

戴氏尝以文行累为连率④所宾礼，贡之泽宫⑤，而志不愿仕。与人交，取其退让。受诸侯之宠，不以自大。其离世欤！好孔氏书，旁及庄文⑥，莫不总统。以至虚为极，得受益之道。其乐道欤！贤者之举也必以类，当弘农公之选，而专兹地之胜，岂易而得哉！地虽胜，得人焉而居之，则山若增而高，水若辟而广，堂不待饰而已奂⑦矣。

戴氏以泉池为宅居，以云物为朋徒，摅⑧幽发粹，日与之娱。则行宜益高，文宜益峻，道宜益

---

① 櫧，zhū，木名。
② 芡，菱。菱之两角者曰芡。芙蕖，荷花。
③ 浮游犹言周流。
④ 率亦作"帅"。古者十国为连。连有帅。连帅，十国诸侯之长。
⑤ 泽宫，古者习射之地，所以择士者。
⑥ 庄谓庄子，文谓文子。在唐代文子书盛行，故云。或谓"庄子之文"，亦通。
⑦ 奂，文彩灿烂。
⑧ 摅，shū，舒发。

懋，交相赞者也。既硕其内，又扬于时，吾惧其离世之志不果矣。

君子谓弘农公刺潭得其政，为东池得其胜，授之得其人，岂非动而时中者欤！于戴氏堂也，见公之德，不可以不记。

桂州訾家洲亭记^①

大凡以观游名于代^②者,不过视于一方。其或傍达左右,则以为特异。至若不骛^③远,不陵危,环山,洄江,四出如一,夸奇竞秀,咸不相让,遍行天下者,惟是得之。

桂州多灵山,发地峭坚,林立四野。署之左曰漓^④水,水之中曰訾氏之洲。凡峤^⑤南之山川,达于海上,于是毕出,而古今莫能知。

---

① 桂州,今广西桂林市。訾,zǐ,訾家洲亭,其洲为訾姓者之业,故名。
② 代犹言"一代"。
③ 骛,wù,驰逐。
④ 漓,lí,漓水源出广西兴安县,流至桂林,曰桂江。
⑤ 峤,南越方言谓:山之锐而高者曰峤。

桂州訾家洲亭记

　　元和十二年，御史中丞裴公①来莅兹邦，都督二十七州诸军州事，盗遁奸革，德惠敷施，期年②政成。而当天子平淮夷，定河朔，告于诸侯③。公既施庆于下，乃合僚吏，登兹以嬉。观望攸长，悼前之遗。于是厚货居氓，移于闲壤。伐恶木，刜奥草④，前指后画，心舒目行。忽焉若飘浮上腾，以临云气。万山西向，重江束隘。联岚⑤含辉，旋视其宜。常所未睹，倏然⑥互见。以为飞舞奔走，与游者偕来。乃经工庀材⑦，考极相方⑧，南为燕亭，延宇垂阿，步檐更衣，周若一舍。北有崇轩，以临千里。左浮飞阁，右列闲馆。比舟为梁，与波升降。苞漓山，含龙宫⑨，昔之所大，蓄

---

① 裴公名行立。时为桂管观察使。
② 期，jī，期年，周年。
③ 元和十二年事。
④ 刜，fú，斫。奥草，积草。
⑤ 岚，lán，山气。
⑥ 倏然，疾的样子。
⑦ 经，度量，经营。庀，pǐ，具。备。
⑧ 极，屋脊之栋。相，xiàng，方，方向。
⑨ 龙宫，水底龙王所居之宫。此极言其深。

在亭内。日出扶桑①,云飞苍梧②。海霞岛雾,来助游物。其隙,则抗月槛于回溪,出风榭于篁③中。昼极其美,又益以夜。列星下布,颢气回合。邃然④万变。若与安期、羡门⑤接于物外。则凡名观游于天下者,有不屈伏退让,以推高是亭者乎!

既成以燕,欢极而贺。咸曰:昔之遗胜概者,必于深山穷谷,人罕能至,而好事者后得以为己功;未有直治城⑥,挟阛阓⑦,车舆步骑,朝过夕视,讫千百年,莫或异顾,一旦得之,遂出于他邦,虽博物辩口,莫能举其上者。然则人之心目,其果有辽绝特殊而不可至者耶。盖非桂山之灵,不足以瑰观⑧;非是洲之旷,不足以极视;非公之鉴,不能以

---

① 扶桑,传说为日出处。
② 苍梧,山名,在今湖南宁远县,在萌渚岭北麓,相传舜死于此。
③ 篁,huáng,竹丛。
④ 邃然,深远的样子。
⑤ 安期、羡门,皆古仙人名。
⑥ 治城,地方长官所驻之地。如今称"县治"即是。
⑦ 阛,huán,圜,huì,阛阓,市廛。
⑧ 瑰,guī,瑰观,奇观,大观。

独得。噫！造物者之设是久矣，而尽之于今，余其可以无籍乎[1]？

---

[1] 籍，谓记录于书册。

邕州马退山茅亭记①

冬十月，作新亭于马退山之阳。因高丘之阻以面势，无欂栌节棁②之华。不斫椽③，不剪茨④，不列墙。以白云为藩篱，碧山为屏风，昭其俭也。

是山崒⑤然起于莽苍之中，驰奔云矗，亘数十百里，尾蟠荒陬⑥，首注大溪，诸山来朝，势若星拱，苍翠诡状，绮绾绣错，盖天钟秀于是，不限于遐裔也。

---

① 邕州，今广西南宁。马退山，在城北十五里。
② 欂，bó，栌，lú，欂栌，柱上方木。棁，zhuō，梁上短柱。
③ 椽，chuán，屋上承瓦之材。
④ 茨，cí，盖屋之茅苇。
⑤ 崒，zú，危高。
⑥ 陬，zōu，角落。荒陬谓僻远之地。

邕州马退山茅亭记

然以壤接荒服,俗参夷徼^①,周王之马迹不至^②,谢公之履齿不及^③,岩径萧条,登探者以为叹。

岁在辛卯,我仲兄以方牧之命,试于是邦。夫其德及,故信孚,信孚,故人和,人和,故政多暇。由是尝徘徊北山以寄胜概。乃墍乃涂,作我攸宇。于是不崇朝而木工告成。

每风止雨收,烟霞澄鲜,辄角巾鹿裘^④,率昆弟友生冠者^⑤五六人,步山极而登焉。于是手挥丝桐^⑥,目送还云,西山爽气,在我襟袖,以极万类,揽不盈掌。

夫美不自美,因人而彰。兰亭也^⑦,不遭右军^⑧,

---

① 徼,jiào,边塞。
② 周王,周穆王。尝乘八骏,西游,见西王母于瑶池。
③ 谢公,谢灵运,喜游山水。齿,木屐底之齿。
④ 角巾,巾之有棱角者。隐士之服。鹿裘,以鹿皮为裘。《列子》:"荣启期鹿裘带索。"
⑤ 古者二十曰冠。《论语》:"冠者五六人,童子六七人,浴乎沂,风乎舞雩。"子厚语盖本此。
⑥ 丝桐,谓琴。
⑦ 兰亭,在今浙江绍兴。晋王羲之曾宴游其地,作《兰亭序》。
⑧ 右军,官名,此称王羲之。

则清湍，修竹，芜没于空山矣。是亭也，僻介闽岭，佳境罕到；不书所作，使盛迹郁堙，是贻林涧之愧。故志之。

永州新堂记

将为穹①谷嵁②岩渊③池于郊邑之中,则必辇④山石,沟涧壑,凌绝险阻,疲极人力,乃可以有为也。然而求天作地生之状,咸无得焉。逸其人,因其地,全其天⑤,昔之所难,今于是乎在。

永州实惟九疑⑥之麓。其始度土者,环山为城。有石焉,翳于奥草⑦;有泉焉,伏于土涂。蛇虺

---

① 穹,qióng,本为圆形隆起之状。但此处圆形凹下而深也。盖反言之。
② 嵁,kān,不平的样子。
③ 渊,深。
④ 辇,niǎn,以车载。
⑤ 全其天,犹云保全其天真。
⑥ 九疑,山名。又作九嶷。在今湖南宁远县南。
⑦ 奥草,积草。

之所蟠，狸鼠之所游。茂树恶木，嘉葩毒卉，乱杂而争植，号为秽墟。韦公①之来既逾月，理甚无事。望其地，且异之。始命芟②其芜，行其涂，积之丘如③，蠲④之浏如⑤。既焚既釃⑥，奇势迭出。清浊辨质，美恶异位。视其植，则清秀敷舒；视其蓄，则溶漾纡余。怪石森然，周于四隅。或列，或跪，或立，或仆，窍穴逶邃，堆阜突怒。乃作栋宇，以为观游。凡其物类，无不合形，辅势，效伎⑦于堂庑之下。外之连山，高原，林麓之崖，间厕隐显。迩延野绿，远混天碧，咸会于谯门⑧之内。已乃延客入观，继以宴娱。

或赞且贺曰：见公之作，知公之志。公之因土而得胜，岂不欲因俗以成化；公之择恶而取美，岂

---

① 韦公，名宙，时为永州刺史。
② 芟，shān，刈草。
③ 丘如犹言如丘。
④ 蠲，juān，除去之。
⑤ 浏，liú，浏如，水清的样子。
⑥ 釃，shī，此处谓分水之流，如漉酒。
⑦ 伎，技艺。
⑧ 谯门，城楼。

不欲除残而佑仁；公之蠲浊而流清，岂不欲废贪而立廉；公之居高以望远，岂不欲家抚而户晓。夫然，则是堂也，岂独草木土石水泉之适欤，山原林麓之观欤！将使继公之理者，视其细，知其大也。

宗元请志诸石，措诸屋漏①，以为二千石②楷法③。

---

① 屋漏，《尔雅》："西北隅谓之屋漏。"通行本作"壁偏"，疑为后人所妄改。
② 二千石，官秩。刺史称二千石。
③ 楷法犹言模范。

永州万石亭记

御史中丞清河男崔公①来莅永州，闲日，登城北墉②，临于荒野蓁翳③之隙，见怪石特出，度其下必有殊胜，步自西门，以求其墟。伐竹披奥④，欹仄⑤以入，绵谷，跨溪，皆大石林立：涣⑥若奔云，错若置棋，怒者虎斗，企者鸟厉。抉其穴，则鼻口相呀⑦；搜其根，则蹄股交峙⑧。环行卒

---

① 御史中丞，官名。清河，地名。崔公，崔能。
② 墉，小城。
③ 蓁，通"丛"。蓁翳，树木隐蔽处。
④ 奥谓奥草，积草。
⑤ 仄，通"侧"。欹仄，偏邪。
⑥ 涣，散。
⑦ 呀，张口。
⑧ 峙，屹立。

愕^①，疑若搏噬。于是刳^②辟朽壤^③，翦焚榛薉^④，决浍沟^⑤，导伏流，散为疏林，洄为清池。寥廓泓渟^⑥，若造物者始判清浊，效奇于兹地，非人力也。乃立游亭，以宅厥中。直亭之西，石若掖分^⑦，可以眺望。其上，青壁斗^⑧绝，沉于渊源，莫究其极。自下而望，则合乎攒^⑨峦^⑩与山无穷。

明日，州邑耋老^⑪，杂然而至。曰："吾侪生是州，艺^⑫是野，眉厖^⑬齿鲵^⑭，未尝知此。岂天坠，地出，设兹神物，以彰我公之德欤！"

既贺而请名。公曰："是石之数，不可知也。

---

① 卒愕，仓卒惊愕的样子。
② 刳，kū，剖。
③ 朽壤，草木腐烂之地。
④ 薉，通"秽"。榛薉，谓芜杂之草木。
⑤ 浍、沟，皆水道。
⑥ 寥郭，天空广阔。泓，水清。渟，水止。
⑦ 掖，旁扶。
⑧ 斗，峻。
⑨ 攒，聚。
⑩ 峦，山峰纡回而连绵者。
⑪ 耋，dié，老。八十曰耋。
⑫ 艺，种。
⑬ 厖，毛多杂。厖眉，犹言眉毛花白，谓年老。
⑭ 《诗》："黄发儿齿。"注："齿落更生细者。"寿征也。

以其多，而命之曰万石亭。"

鳌老又言曰："懿夫！公之名亭也。岂专状物而已哉！公尝六为二千石①，既盈其数然；而有道之士，咸恨公之嘉绩，未洽于人。敢颂休声，祝公于明神。汉之三公，秩号万石②；我公之德，宜受兹锡。汉有礼臣，惟万石君③；我公之化，始于闺门。道合于古，祐之自天。野夫献辞，公寿万年。"

宗元尝以笺奏隶尚书④，敢专笔削⑤，以附零陵故事⑥。时元和十年正月五日记。

---

① 二千石，见上篇注。
② 汉制：三公号称万石。
③ 汉石奋父子五人皆官至二千石，号为万石君。
④ 隶，属。子厚尝为礼部员外郎，故云。
⑤ 笔，谓记载，削，谓删除。
⑥ 零陵，今湖南永州。故事，掌故。

零陵三亭记①

邑之有观游，或者以为非政②。是大不然。夫气烦则虑乱，视壅则志滞；君子必有游息之物，高明之具，使之清宁平夷，恒若有余，然后理达而事成③。

零陵县东有山麓，泉出石中，沮洳污涂④，群畜食焉，墙藩以蔽之，为县者⑤积数十人，莫知发视。

河东薛存义⑥，以吏能闻荆楚间⑦，潭部举之，假

---

① 零陵，今湖南永州。三亭，见本文。
② 观游，谓游览地。非政，犹云"非善政"。
③ 说游览之益，与今人提倡公园同。
④ 沮，jù，洳，rù，沮洳，下湿之地。污涂，污泥。
⑤ 为县者，犹云"为县官者"。
⑥ 薛存义，见前《送薛存义之任序》。
⑦ 荆楚，今湖南、湖北及四川一部分之地。

湘源令①；会零陵政厖②，赋扰，民讼于牧，推能济弊，来莅兹邑；遁逃复还，愁痛笑歌，逋租匿役，期月③办理，宿蠹藏奸，披露首服。民既卒税，相与欢归道途，迎贺里闾，门不施胥吏之席，耳不闻鼛鼓④之音，鸡豚糗醑⑤，得及宗族。州牧⑥尚焉，旁邑仿焉。然而未尝以剧⑦自挠⑧，山水鸟鱼之乐，淡然自若也。乃发墙藩，驱群畜，决疏沮洳，搜剔山麓，万石如林，积坳为池。爰有嘉木美卉，垂水蘩⑨峰，珑玲⑩萧条，清风自生，翠烟自留，不植而遂。鱼乐广闲，鸟慕静深，别孕巢穴，沉浮啸萃，不蓄而富。伐木坠江，流于邑门，陶土以埴，亦在署侧，人无劳力，土得以利。乃作三亭，陟降晦

---

① 潭部，谓湖南观察使。湘源，唐县。
② 厖，杂。
③ 期，jī，期月，周月。
④ 鼛，gāo，鼛鼓见《周礼》："鼛鼓鼓役事"。鼛鼓，役民。
⑤ 糗，qiù，熬米。醑，xǔ，漉酒。
⑥ 州牧，一州之长官。
⑦ 剧，甚。事繁亦曰剧。
⑧ 挠，败。此谓败兴。
⑨ 蘩，通"丛"。
⑩ 珑玲，今通作"玲珑"。

明，高者冠山巅，下者俯清池。更衣膳饔，列置备具。宾以燕好，旅以馆舍。高明游息之道，具于是邑，由薛为首。

在昔裨谌谋野而获[1]，宓子弹琴而理[2]；乱虑滞志，无所容入。则夫观游者，果为政之具欤？薛之志，其果出于是欤？及其弊也，则以玩替政，以荒去理，使继是者咸有薛之志，则邑民之福，其可既乎？

余爱其始，而欲久其道，乃撰其事以书于石。薛拜手曰："吾志也。"遂刻之。

---

[1] 谌，chén。裨谌，春秋时人，郑大夫。《左传》："裨谌能谋：谋于野，则获；谋于邑，则否。"
[2] 宓，fú，宓子，宓不齐，字子贱，春秋时人。为单父宰，鸣琴不下堂，而单父治。此二句，引事实为证。

零陵郡复乳穴记①

石钟乳②,饵之最良者也。楚、越之山多产焉,于连③于韶④者,独名于世。连之人告尽焉者五载矣,以贡,则买诸他部。

今刺史崔公⑤至,逾月,穴人来以乳复告。邦人悦是祥也,杂然谣曰:"旼⑥之熙熙,崔公之来。公化所彻,土石蒙烈⑦。以为不信,起视乳穴。"

---

① 零陵,见上篇。复乳穴,见本文。
② 石钟乳,泉水含石灰质,由岩隙下滴,日久凝结,下垂如乳,故名。可以为药,故官吏征之于民。
③ 连,连州,今广东连州。
④ 韶,韶州,今广西钦州市灵山县。
⑤ 崔公,名能。永州刺史。
⑥ 旼,通"氓",民。
⑦ 烈,功。蒙烈,谓受其惠。

零陵郡复乳穴记

穴人笑之曰："是恶知所谓祥耶①？向吾以刺史之贪戾嗜利，徒吾役而不吾货②也，吾是以病而绐③焉。今吾刺史令明而志洁，先赖而后力，欺诬屏息，信顺休洽，吾以是诚告焉。且夫乳穴必在深山穷林，冰雪之所储，豺虎之所庐。由而入者，触昏雾，扞龙蛇，束火以知其物，縻绳以志其返，其勤若是，出，又不得吾直④，吾用是安得不以尽告。今而乃诚，吾告故也。何祥之为？"

士闻之曰："谣者之祥也，乃其所谓怪者也。笑者之非祥也，乃其所谓真祥者也。君子之祥也，以政不以怪，诚乎物而信乎道，人乐用命，熙熙然以效其有，斯其为政也，而独非祥也欤！"

---

① 恶，wū，何。耶，明本作"也"，古通用。
② 货，货币。不吾货谓不给值。
③ 绐，dài，欺骗。
④ 直，通"值"，价。

永州龙兴寺东丘记

　　游之适，大率有二：旷如也，奥如也①，如斯而已。其地之凌阻峭，出幽郁，寥廓悠长，则于旷宜。抵丘垤②，伏灌莽，迫遽回合，则于奥宜。因其旷，虽增以崇台，延阁，回环日星，临瞰③风雨，不可病其敞也。因其奥，虽增以茂树蘩④石，穹若洞谷，翳⑤若林麓，不可病其邃也。

　　今所谓东丘者，奥之宜者也。其始，龛之外

---

① 旷如，远大的样子。奥如，深邃的样子。
② 垤，dié，土堆。
③ 瞰，kàn，登高望下。
④ 蘩，通"丛"。
⑤ 翳，荫蔽的样子。

永州龙兴寺东丘记

弃地，余得而合焉，以属于堂之北垂①，凡坳洼②坻③岸之状，无废其故。屏以密竹，联以曲梁，桂桧松杉梗枏④之植几三百本，嘉卉美石，又经纬之⑤。俯入绿縟⑥，幽荫荟蔚⑦。步武错迕⑧，不知所出。温风不烁⑨，清气自至。小亭狭室，曲有奥趣。然而至焉者，往往以邃为病。

噫！龙兴，永之佳寺也。登高殿可以望南极⑩，辟大门可以瞰湘流⑪，若是其旷也。而于是小丘，又将披而攘之。则吾所谓游有二者，无乃阙焉，而丧其地之宜乎！

丘之幽幽，可以处休；丘之窅窅⑫，可以观妙。

---

① 垂，堂之尽处近于阶者。
② 坳洼，低下之地。
③ 坻，chí，水中高地。
④ 梗，pián，枏，nán。皆木名。
⑤ 经纬之，使之有秩序。
⑥ 縟，rù，繁重之采饰。
⑦ 荟蔚，草木繁密的样子。
⑧ 错迕，交杂。
⑨ 烁，shuò，以火销金。此处谓热。
⑩ 南极，星名。
⑪ 湘流，湘水。
⑫ 窅，yǎo，窅窅，深远的样子。

溽暑①遁去,兹丘之下;大和②不迁,兹丘之巅。奥乎兹丘,孰从我游。余无召公之德,惧翦伐之及也③,故书以祈后君子。

---

① 溽暑,湿热。
② 大,通"太",大和,天地冲和之气。
③ 事见《诗经·召南》。召伯巡行南国,曾舍于甘棠之下,后人思其德而不忍翦伐其树,为诗歌之。

永州法华寺新作西亭记

法华寺居永州，地最高。有僧曰觉照。照居寺西庑，下庑之外，有大竹数万；又其外，山形下绝。然而薪蒸篠簜①，蒙杂拥蔽。吾意伐而除之，必将有见焉。

照谓余曰："是其下有陂池芙藻，申以湘水之流，众山之会，果去是，其见远矣。"

遂命仆人持刀斧，群而翦焉。丛莽下颓，万类皆出，旷焉，茫焉，天为之益高，地为之加辟；丘陵山谷之峻，江湖池泽之大，咸若有而增广之者。夫其地之奇，必以遗乎后，不可旷也。

---

① 蒸，细薪。篠，xiǎo，细竹。簜，dàng，大竹。

余时谪为州^①司马,官外常员而心得无事,乃取官之禄秩以为其亭。其高且广,盖方丈者二^②焉。或异照之居于斯,而不蚤^③为是也。

余谓:昔之上人者,不起宴坐,足以观于空色之实,而游乎物之终始,其照也逾寂,其觉也逾有^④。然则向之碍之者,为果碍耶?今之辟之者,为果辟耶?彼所谓觉而照者,吾讵知其不由是道也?岂若吾族之挈挈^⑤于通塞有无之方以自挟耶?

或曰:然则宜书之。乃书于石。

---

① 州谓永州。
② 二,明刊本作"一",疑误。
③ 蚤,通"早"。
④ 空、色、照、寂、觉、有等字,皆佛书中语。
⑤ 挈,qì,刻。此谓执固。

永州龙兴寺西轩记

永贞年，余名在党人，不容于尚书省[1]，出为邵州，道贬永州司马，至，则无以为居，居龙兴寺西序[2]之下。

余知释氏之道且久，固所愿也。然余所庇之屋甚隐蔽，其户北向，居昧昧也。寺之居，于是州为高。西序之西，属当大江之流。江之外，山谷林麓甚众。于是凿西墉以为户，户之外为轩，以临群木之杪，无所不瞩焉。不徙席，不运几，而得大观。

夫室，向者之室也；席与几，向者之处也。向

---

[1] 初，子厚为王叔文、韦执谊所器重，后叔文败，子厚以党于叔文，遭贬谪。
[2] 序，堂侧之厢。按：观篇首数语，知此文为子厚初到永州时作。

也昧，而今也显，岂异物耶？因悟夫佛之道：可以转惑见为真智，即群迷为正觉，舍大暗为光明。夫性岂异物耶！孰能为余凿大昏之墉，辟灵照之户，广应物之轩者，吾将与为徒。

遂书为二：其一志诸户外，其一以贻巽上人焉。

游黄溪记

　　北之晋①，西适豳②，东极吴③，南至楚、越④之交，其间名山水而州者以百数，永⑤最善。环永之治百里，北至于浯溪⑥，西至于湘之源，南至于泷泉⑦，东至于黄溪东屯。其间名山水而村者以百数，黄溪最善。

　　黄溪距州治七十里，由东屯南行六百步，至黄

---

① 晋，今山西省，为春秋时晋地。
② 豳，今陕西彬县，为商时豳国。
③ 吴，今江苏省，为春秋时吴地。
④ 楚、越，永州本楚地，而与广东相近；广东古为南越，故并称楚越。
⑤ 永，永州。
⑥ 浯，wú。
⑦ 泷，shuāng。

神祠。祠之上，两山墙立，丹碧之花叶骈植，与山升降①。其缺者为崖峭岩窟。水之中，皆小石平布。

黄神②之上，揭③水八十步，至初潭，最奇丽，殆不可状。其略若剖大瓮，侧立千尺，溪水积焉。黛蓄，膏渟，来若白虹。沉沉无声，有鱼数尾，方来会石下。

南去，又行百步，至第二潭。石皆巍然，临峻流，若颏颌龂腭④。其下大石杂列，可坐饮食。有鸟，赤首乌翼，大如鹄，方东向立⑤。

自是又南数里，地皆一状。树益壮，石益瘦，水鸣皆锵然。

又南一里，至大冥之川。山舒水缓，有土田。始，黄神为人时，居其地。传者曰："黄神，王姓，莽之世也⑥。莽既死，神更号黄氏，逃来，择其深峭

---

① 盖此乃直言花叶，不必云如。
② 神字疑是祠字之误。
③ 揭，qì，摄衣涉水曰揭。
④ 颏，kē，颐下。龂，yín，齿根。腭，è，齿根上下肉。此皆形容石状。
⑤ 朱子谓：《山海经》所记异物，有云"东西向"者，盖以其有图画在前故也。子厚不知而效之，殊无谓也。
⑥ 王莽，西汉末篡位者。莽之世，谓王莽之时。

者潜焉。"始莽尝曰："余，黄虞之后也。"故号其女曰黄皇室主。"黄"与"王"声相迩而又有本，其所以传言者益验。神既居是，民咸安焉，以为有道，死，乃俎豆①之，为立祠。后稍徙近乎民，今祠在山阴溪水上。

　　元和八年五月十六日，既归为记，以启后之好游者。

---

① 俎豆，祭器名。此言祀之。

始得西山宴游记

　　自余为僇人①，居是州②，恒惴栗。其隙也，则施施③而行，漫漫④而游，日与其徒上高山，入深林，穷回溪，幽泉怪石，无远不到。到，则披草而坐，倾壶而醉；醉，则更相枕以卧。意有所极，梦亦同趣。觉而起，起而归。以为凡是州之山水有异态者，皆我有也，而未始知西山之怪特。

　　今年九月二十八日，因坐法华西亭，望西山，始指异之。遂命仆过湘江，缘染溪，斫⑤榛莽⑥，焚

---

① 僇，lù，辱。僇人犹言罪人。
② 是州，永州。
③ 施，yì，施施，延、迟。
④ 漫漫，无拘检。
⑤ 斫，zhuó，以刃击之。
⑥ 丛木曰榛。丛草曰莽。

茅茷①,穷山之高而止。

攀援而登,箕踞②而遨。则凡数州之土壤,皆在衽席之下③。其高下之势,岈然④,洼然⑤,若垤⑥若穴。尺寸千里,攒蹙⑦累积,莫得遁隐。萦青,缭⑧白,外与天际⑨,四望如一。然后知是山之特出,不与培塿⑩为类。悠悠乎与灏气俱,而莫得其涯;洋洋乎与造物者游,而不知其所穷。引觞满酌,颓然就醉,不知日之入。苍然暮色,自远而至。至无所见,而犹不欲归。心凝形释,与万化冥合。然后知吾向之未始游,游于是乎始。

故为之文以志。是岁元和四年也。

---

① 茷,fá,草叶盛。
② 箕踞,伸其两足,席地而坐,其形如箕。
③ 衽席,卧席。数州土壤,在衽席之下,状其地之高。
④ 岈然,山中空。
⑤ 洼然,低下之地。
⑥ 垤,dié,小土阜。
⑦ 攒蹙,精聚的样子。
⑧ 缭,liáo,绕。
⑨ 际,接。
⑩ 培塿,小山,土阜。

钴䥅潭记[①]

钴䥅潭在西山西。其始盖冉水自南奔注，抵山石，屈折东流，其颠委[②]势峻荡击，益暴啮[③]其涯，故旁广而中深，毕至石乃止。流沫成轮[④]，然后徐行。其清而平者，且十亩。有树环焉，有泉悬焉。

其上有居者[⑤]，以予之亟[⑥]游也，一旦款门[⑦]来

---

① 钴䥅，gǔ mǔ，熨斗。潭，深水为潭。是潭形似钴䥅，故名。
② 颠委，犹言首尾。
③ 啮，侵蚀。
④ 谓水泡。
⑤ 居者谓地主。
⑥ 亟，频数。
⑦ 一旦，明本无"一"字。款门，叩门。

钴𨱔潭记

告曰:"不胜^①官租,私券之委积^②,既芟山而更^③居,愿以潭上田,贸^④财以缓祸。"

予乐而如其言。则崇其台,延其槛,行其泉,于高者坠之潭,有声潨^⑤然。尤与中秋观月为宜。于以见天之高,气之迥^⑥。孰使予乐居夷而忘故土者,非兹潭也欤!

---

① 胜,shēng,任。
② 委积,堆积。谓多。
③ 更,gēng,改。
④ 贸,交易。
⑤ 潨,cóng,水声。
⑥ 迥,寥远。

钴鉧潭西小丘记

得西山后八日,寻山口西北道二百步,又得钴鉧潭。

西二十五步,当湍①而浚②者为鱼梁③。梁之上有丘焉,生竹树。其石之突怒偃蹇④,负土而出,争为奇状者,殆不可数。其嵚⑤然相累而下者,若牛马之饮于溪;其冲然角列而上者,若熊罴之登于山。丘之小不能一亩,可以笼而有之。

---

① 湍,tuān,急流。
② 浚,jùn,深。
③ 鱼梁,堰石障水,而空其中,以通鱼之往来,谓之鱼梁。
④ 偃蹇,飞腾屈曲的样子。
⑤ 嵚,qīn,石势耸立的样子。

钴鉧潭西小丘记

问其主。曰:"唐氏之弃地,货而不售。"问其价。曰:"止四百。"余怜而售之。李深源、元克己时同游,皆大喜,出自意外。即更取器用,铲刈秽草,伐去恶木,烈火而焚之。嘉木立,美竹露,奇石显。由其中以望:则山之高,云之浮,溪之流,鸟兽之遨游,举熙熙然回巧,献技,以效兹丘之下。枕席而卧:则清泠之状与目谋,潆潆①之声与耳谋,悠然而虚者与神谋,渊然而静者与心谋。不匝旬而得异地者二,虽古好事之士,或未能至焉。

噫!以兹丘之胜,致之沣、镐、鄠、杜②则贵游之士争买者,日增千金而愈不可得。今弃是州也,农夫、渔夫过而陋之,贾四百,连岁不能售:而我与深源、克己独喜得之,是其果有遭乎!

书于石,所以贺兹丘之遭也。

---

① 潆,yíng,水声。
② 沣,水名,在今陕西。周武王迁都,依此水,号曰镐京。镐,hào,鄠,hù,汉县名。杜,汉时曰下杜,唐曰杜陵。三地皆在今陕西,为汉、唐时京畿要地。

至小丘西小石潭记

从小丘西行百二十步，隔篁竹，闻水声，如鸣佩环。心乐之。伐竹取道，下见小潭，水尤清冽。泉，石以为底。近岸，卷石底以出。为坻①，为屿②，为嵁③，为岩。青树翠蔓，蒙络摇缀，参差披拂。潭中鱼可百许头，皆若空游无所依④；日光下澈，影布石上，佁⑤然不动；俶⑥尔远逝，往来翕忽，似与游

---

① 坻，chí，水中高地。
② 屿，yǔ，水中小山。
③ 嵁，kān，山不平的样子。
④ 杨升庵谓：此句本于《水经注》。按《水经注》云："渌水平潭，清洁澄深。俯视游鱼，类若乘空。"
⑤ 佁，ǎi，痴的样子。
⑥ 俶，chù，此处有突然之意。

者相乐。

潭西南而望，斗折蛇行，明灭可见其岸①，势犬牙差互②，不可知其源。

坐潭上，四面竹树环合，寂寥无人。凄神寒骨，悄怆幽邃。以其境过清，不可久居，乃记之而去。

同游者：吴武陵、龚古、余弟宗玄；隶而从者：崔氏二小生，曰恕己，曰奉壹。

---

① 或于"见"字点断，非是。
② 犬牙差互，形容岸势如犬牙之相错。

袁家渴记①

由冉溪西南,水行十里,山水之可取者五,莫若钴鉧潭②。由溪口而西,陆行,可取者八九,莫若西山。由朝阳岩东南,水行,至芜江,可取者三,莫若袁家渴,皆永中幽丽奇处也。

楚、越之间方言,谓水之反流者为"渴"。音若"衣褐"之"褐"。渴,上与南馆高嶂合,下与百家濑合。其中重洲,小溪,澄潭,浅渚,间厕曲折。平者深黑,峻者沸白。舟行若穷,忽又无际。有小山出水中。山皆美石,上生青丛,冬夏常蔚

---

① 见本文。
② 见前《钴鉧潭记》。

袁家渴记

然。其旁,多岩洞。其下,多白砾。其树,多枫柟石楠梗楮樟柚。草,则兰芷。又有异卉,类合欢[①]而蔓生,轇轕[②]水石。每风自四山而下,振动大木,掩苒众草,纷红骇绿,蓊葧香气,冲涛旋濑,退贮溪谷,摇扬葳蕤[③],与时推移。其大都如此。余无以穷其状。

永之人未尝游焉,余得之,不敢专也,出而传于世。其地世主袁氏,故以名焉。

---

① 合欢,草名。
② 轇轕,jiào gé,轇轕犹言"交加"。
③ 葳蕤,wēi ruí,草木繁盛。

石渠记

　　自渴①西南行，不能百步，得石渠，民桥其上。有泉幽幽然，其鸣乍大，乍细。渠之广，或咫尺，或倍尺。其长可十许步。其流抵大石，伏出其下。

　　逾石而往，有石泓，昌蒲被之，青鲜②环周。

　　又折西行，旁陷岩石下，北堕小潭。潭，幅员减百尺。清深多鲦③鱼。

　　又北，曲行纡徐，睨④若无穷。然卒入于渴。

　　其侧，皆诡石，怪木，奇卉，美箭。可列坐

---

① 渴，指袁家渴。
② 蒋注："鲜，苔鲜也。"今通书作"藓"。
③ 鲦，tiáo，白鲦鱼。
④ 睨，斜视。

石渠记

而庥焉。风摇其颠,韵动崖谷。视之既静,其听始远。

予从州牧得之,揽去翳朽,决疏土石,既崇而焚,既酾①而盈。惜其未始有传焉者,故累记其所属,遗之其人,书之其阳,俾后好事者求之得以易。

元和七年正月八日蠲②渠至大石,十月十九日踰石得石泓小潭,渠之美于是始穷也。

---

① 酾,shī,漉酒。此言分水如漉酒。
② 蠲,juān,除去之。此言除去其榛蔚。

石涧记

　　石渠①之事既穷，上由桥西北，下土山之阴，民又桥焉。其水之大，倍石渠三之一。亘石为底，达于两涯。若床若堂，若陈筵席，若限阃奥②。水平布其上，流若织文，响若操琴。揭跣③而往，折竹，扫陈叶，排腐木，可罗胡床④十八九居之。交络之流，触激之音，皆在床下。翠羽之木，龙鳞之石，均荫其上。古之人其有乐乎此耶！后之来者，有能追余之践履耶！得意之日，与石渠同。

---

① 石渠，见前一篇。
② 阃，kǔn，门限。奥，室之深处。
③ 揭，qì，摄衣渡水曰揭。跣，赤足。
④ 胡床，结绳为床曰胡床。

石涧记

由渴①而来者,先石渠,后石涧;由百家濑上而来者,先石涧,后石渠。

涧之可穷者,皆出石城村东南。其间可乐者数焉。其上深山幽林逾峭险,道狭不可穷也。

---

① 渴谓袁家渴。见前《袁家渴记》。

小石城山记

自西山道口，径北，踰黄茅岭而下，有二道：其一西出，寻之无所得。其一少北而东，不过四十丈，土断而川分，有积石横当其垠①。其上，为睥睨梁欐②之形。其旁，出堡坞③，有若门焉。窥之正黑。投以小石，洞然有水声。其响之激越，良久乃已。环之可上。望甚远。无土壤而生嘉树，美箭④，益奇而坚。其疏数偃仰，类智者所施设也。

噫！吾疑造物者之有无久矣，及是愈以为诚

---

① 垠，yín，界限。
② 睥睨，城上短墙。欐，梁之别称。
③ 堡坞，筑土以为障。
④ 美箭，细竹。

有。又怪其不为之中州，而列是夷狄，更千百年不得一售其伎。是固劳而无用，神者倘不宜如是，则其果无乎！

或曰："以慰夫贤而辱于此者。"或曰："其气之灵不为伟人，而独为是物。故楚之南少人而多石。"是二者，余未信之。

序饮

买小丘,一日锄理,二日洗涤,遂置酒溪石上。

向之为记,所谓牛马之饮者,离坐其背,实觞[1]而流之,接取以饮,乃置监史[2]而令曰:"当饮者举筹之十寸者三,逆而投之,能不洄于洑[3]。不止于坻[4],不沉于底者,过不饮。而洄,而止,而沉者,饮如筹之数。"

既或投之,则旋眩滑汩,若舞若跃,速者迟

---

① 实觞,斟酒满觞。
② 监史,监饮之人。
③ 洑,fú,洄流。
④ 坻,chí,水中高地。

序饮

者,去者住者。众皆据石注视,欢抃①以助其势。突然而逝,乃得无事。于是或一饮,或再饮。

客有娄生图南者,其投之也,一洄,一止,一沉,独三饮。众乃大笑,欢甚。

余病痞,不能食酒,至是醉焉。遂损益其令。以穷日夜而不知归。

吾闻昔之饮酒者,有揖让酬酢,百拜以为礼者;有叫号屡舞,如沸如羹以为极者;有裸裎袒裼②以为达者;有资丝竹金石之乐以为和者;有以促数纠逖③而为密者。

今则举异是焉。故舍百拜而礼,无叫号而极,不袒裼而达,非金石而和,去纠逖而密。简而同,肆而恭,衎衎④而从容,于以合山水之乐,成君子之心,宜也。作《序饮》以贻后之人。

---

① 抃,biàn,两手相击。犹鼓掌。
② 裎,chéng,裸裎,露身。袒裼,露臂。
③ 促,迫促。数,shuò,烦数。合。逖,远。旧注:"促数,促人数饮;纠逖,纠合远座也。"
④ 衎,kàn,衎衎,安定,和乐。

序棋

房生直温,与予二弟游,皆好学。予病其确[①]也,思所以休息之者。

得木局,隆其中而规焉,其下方以直,置棋二十有四,贵者半,贱者半,贵曰上,贱曰下,咸自第一至十二,下者二乃敌一,用朱墨以别焉。房于是取二毫,如其第书之。既而抵戏者二人,则视其贱者而贱之,贵者而贵之。其使之击触也,必先贱者;不得已,而使贵者。则皆栗焉,惛[②]焉,亦鲜克以中其获也。得朱焉,则若有余;得墨焉,则

[①] 确,坚。此处谓其求学过于坚忍。
[②] 惛,hūn,心不明。

序棋

若不足。

余谛睨之，以思其始，则皆类也，房子一书之，而轻重若是，适近其手而先焉，非能择其善而朱，否而墨之也。然而上焉而上，下焉而下，贵焉而贵，贱焉而贱，其易彼而敬此，遂以远焉。

然则若世之所以贵贱人者，有异房之贵贱兹棋者欤？无亦近而先之耳。有果能择其善否者欤？其敬而易者，亦从而动心矣。有敢议其善否者欤？其得于贵者，有不气扬而志荡者欤？其得于贱者，有不貌慢而心肆者欤？其所谓贵者，有敢轻而使之者欤？所谓贱者，有敢避其使之击触者欤？彼朱而墨者，相去千万不啻有敢以二敌其一者欤？

余，墨者徒也，观其始与末，有似棋者，故叙。

柳州东亭记 ①

出州南谯门②,左行二十六步,有弃地,在道南。南值江,西际垂杨传置③,东曰东馆。其内草木猥奥。有崖谷,倾亚缺圮。豕得以为圂,蛇得以为薮,人莫能居。

至是,始命披剌蠲疏④,树以竹箭松桱桂桧柏杉。易为堂亭,峭为杠梁。下上徊翔,前出两翼。凭空拒江,江化为湖。众山横环,嶑阔瀴⑤湾。当

---

① 柳州,今广西柳州。
② 谯,城上楼。谯门,城门。
③ 垂杨,地名。传置,驿。
④ 剌,fú,斫。蠲,juān,除去之。
⑤ 瀴,yīng,水绝远的样子。

邑居之剧①，而忘乎人间。斯亦奇矣。

乃取馆之北宇，右辟之以为夕室；取传置之东宇，左辟之以为朝室；又北辟之以为阴室；作屋于北墉下以为阳室；作斯亭于中以为中室。朝室以夕居之，夕室以朝居之，中室日中而居之，阴室以违温风焉，阳室以违凄风焉。若无寒暑也，则朝夕复其号。

既成，作石于中室，书以告后之人，庶勿坏。元和十二年九月某日柳宗元记。

---

① 剧，甚。事繁亦曰剧。

柳州山水近治可游者记

古之州治，在浔水南山石间。今徙在水北直平四十里。南北东西皆水汇。

北有双山，夹道崭然①，曰背石山。有支川，东流入于浔水。浔水因是北而东，尽大壁下。其壁曰龙壁。其下多秀石，可砚②。

南绝水，有山，无麓，广百寻③，高五丈，下上若一，曰甑山。山之南，皆大山，多奇。又南且西，曰驾鹤山，壮耸环立，古州治负焉。有泉在坎下，常盈而不流。南有山，正方而崇，类屏者，曰

---

① 崭然，高峻的样子。
② 可砚，谓其石可为砚。
③ 八尺为寻。

柳州山水近治可游者记

屏山。

其西，曰四姥山，皆独立不倚。北〔流〕枕①浔水濑下。又西，曰仙弈之山。山之西，可上。其上有穴。穴有屏，有室，有宇。其宇下有流石成形，如肺肝，如茄房，或积于下，如人，如禽，如器物，甚众。东西九十尺，南北少半。东登，入小穴，常有四尺，则廓然甚大。无窍，正黑。烛之，高仅见其宇。皆流石怪状。由屏南室中入小穴，倍常而上，始黑，已而大明，为上室。由上室而上，有穴，北出之，乃临大野，飞鸟，皆视其背。其始登者，得石枰于上，黑肌而赤脉，十有八道，可弈，故以云。其山多柽，多楮，多篔筜②之竹，多橐吾③。其鸟，多秭归④。石鱼之山，全石，无大草木，山小而高，其形如立鱼，〔在〕⑤多秭归。西，有穴，类仙弈。入其穴，东，出其西北。灵泉在

---

① 流字，李穆堂谓：当是"枕"字之误。或又谓系"枕"字，也误。
② 篔筜，yún dāng，竹之大者，薄肌而长节。
③ 橐吾，草名。如款冬，秋开黄花。
④ 秭归，即子规，又名杜鹃。
⑤ 蒋之翘注："在"字，疑衍文。按此句"多秭归"，谓石鱼之山多秭归，与上文非重。

柳宗元文

东趾下。有麓环之。泉大类毂①雷鸣，西奔二十尺，有洄，在石涧，因伏无所见。多绿青之鱼，及石鲫，多鯠。雷山，两崖皆东〔西〕面②，雷水出焉，蓄崖中，曰雷塘，能出云气，作雷雨，变见有光。祷，用俎鱼，豆甗，脩，形，糈，粢、酒③，阴虔④，则应。在立鱼南⑤，其间多美山，无名。而深峨山在野中，无麓。峨水出焉。东流入于浔水⑥。

---

① 毂，车轮。毂雷，谓车声。
② 姚姬传谓"西"字，应是"面"字之误。
③ 豆，器名。甗，瓦。脩，脯。形，方望溪云：当作"刑"。刑，羹。见《周官》。糈，xǔ，祭神用米。粢，tú，稻。
④ 阴虔犹言默敬。蒋注：以"酒阴"二字连读，疑误。按：此处言祀神，亦学《山海经》。
⑤ 立鱼即上文所言石鱼之山，其形如立鱼者。在此处成为名词。
⑥ 按：全文分为四段：第一段，总叙。第二段，"北有双山"以下，记北面之山水。第三段，"南绝水"以下，记南面之山水；盖已由北经东而写至南面。第四段，"其西曰四姥山"以下一大段，皆记西面之山水。如此分段，则脉络分明，不至相混。

答韦中立论师道书

二十一日，宗元白。辱书云：欲相师。仆道不笃，业甚浅近，环顾其中，未见可师者。虽尝好言论，为文章，甚不自是也。不意吾子自京师来蛮夷间[1]，乃幸见取。仆自卜固无取，假令有取，亦不敢为人师。为众人师且不敢，况敢为吾子师乎？

孟子称："人之患，在好为人师。"由魏、晋氏以下，人益不事师。今之世，不闻有师；有，辄哗笑之以为狂人。独韩愈[2]奋不顾流俗，犯笑侮，收召后学，作《师说》[3]，因抗颜而为师。世果群怪聚

---

[1] 蛮夷间，指永州、柳州诸地。
[2] 韩愈，字退之。子厚同时人。
[3] 《师说》，韩愈所作。

骂，指目牵引，而增与为言词。愈以是得狂名，居长安①，炊不暇熟，又挈挈②而东。如是者数矣。

屈子③赋曰："邑犬群吠，吠所怪也。"仆往闻庸、蜀④之南，恒雨，少日，日出，则犬吠。余以为过言。前六七年，仆来南，二年冬，幸大雪，逾岭，被南越中数州，数州之犬，皆苍黄吠噬，狂走者累日，至无雪乃已。然后始信前所闻者。今韩愈既自以为蜀之日，而吾子又欲使吾为越之雪，不以病乎？非独见病，亦以病吾子。然雪与日岂有过哉？顾吠者犬耳。度今天下不吠者几人，而谁敢炫⑤怪于群目，以召闹取怒乎？

仆自谪过以来，益少志虑。居南中九年，增脚气病，渐不喜闹，岂可使呶呶⑥者早暮咈⑦吾耳，骚

---

① 长安，唐都城。今陕西西安市。
② 挈，qiè，提攜。挈挈，为提其行李而行之状。
③ 屈子，屈原。
④ 庸、蜀，二古国名。庸，春秋时属楚，后为楚灭。蜀，今四川。
⑤ 炫，xuàn，自矜。
⑥ 呶，náo，呶呶，喧嚣。
⑦ 咈，fú，逆。咈吾耳，犹言逆吾耳。

吾心？则固僵仆烦愦[1]，愈不可过矣。平居望外[2]遭齿舌不少，独欠为人师耳。

抑又闻之：古者重冠礼[3]，将以责成人之道，是圣人所尤用心者也。数百年来，人不复行。近有孙昌胤者，独发愤行之；既成礼，明日，造朝，至外廷，荐笏[4]言于卿士曰："某子冠毕。"应之者咸怃然。京兆尹郑叔则怫然曳笏却立。曰："何预我耶？"廷中皆大笑。天下不以非郑尹，而快孙子，何哉？独为所不为也。今之命师者大类此。

吾子行厚而辞深，凡所作，皆恢恢然有古人形貌；虽仆敢为师，亦何所增加也？

假而以仆年先吾子，闻道著书之日不后，诚欲往来言所闻，则仆固愿悉陈中所得者。吾子苟自择之，取某事，去某事，则可矣。若定是非以教吾子，仆材不足，而又畏前所陈者，其为不敢也决矣。

吾子前所欲见吾文，既悉以陈之，非以耀明于

---

[1] 愦，kuì，心乱。
[2] 望外犹言意外。
[3] 古礼男子二十加冠，曰冠。
[4] 笏，古者人臣朝见时所执。荐笏，插笏于带。

子，聊欲以观子气色，诚好恶何如也。今书来言者皆大过；吾子诚非佞誉诬谀之徒，直见爱甚，故然耳。

始吾幼且少，为文章，以辞为工。及长，乃知文者以明道，是固不苟为炳炳烺烺①，务采色，夸声音，而以为能也。凡吾所陈，皆自谓近道，而不知道之果近乎，远乎？吾子好道而可吾文，或者其于道不远矣。故吾每为文章，未尝敢以轻心掉之，惧其剽②而不留也；未尝敢以怠心易之，惧其弛③而不严也；未尝敢以昏气出之，惧其昧没而杂也；未尝敢以矜气作之，惧其偃蹇而骄也。抑之欲其奥④，扬之欲其明，疏之欲其通，廉⑤之欲其节，激而发之欲其清，固而存之欲其重。此吾所以羽翼⑥夫道也。本之《书》以求其质，本之《诗》以求其恒，本之《礼》以求其宜，本之《春秋》以求其断，本之《易》以求其动。此吾所以取道之原也。参之谷梁

---

① 炳炳烺烺，光明。
② 剽，劫掠之意。
③ 弛，懈怠。
④ 奥，深
⑤ 廉，有分辨。
⑥ 羽翼，辅佐。

氏以厉其气，参之孟、荀以畅其支，参之庄、老以肆其端，参之《国语》以博其趣，参之《离骚》以致其幽，参之太史以著其洁。此吾所以旁推交通而以为之文也。

凡若此者，果是耶？非耶？有取乎？抑其无取乎？吾子幸观焉，择焉，有馀以告焉。苟亟来以广是道，子不有得焉，则我得矣。又何以师云尔哉。取其实而去其名，无招越、蜀吠怪，而为外廷所笑，则幸矣。宗元白。

段太尉逸事状

　　太尉始为泾州刺史时[1]，汾阳王以副元帅居蒲[2]，王子晞为尚书[3]，领行营节度使[4]，寓军邠州[5]，纵士卒无赖。邠人偷嗜暴恶者卒以货窜名军伍中[6]，则肆志，吏不得问。日群行丐取于市[7]，不嗛[8]，辄奋击折

---

[1] 段秀实为泾州刺史，事在代宗广德二年（764年）。太尉，段死后追赠之官职。
[2] 汾阳王即郭子仪，时为天下兵马副元帅，后进封汾阳郡王。蒲州，现山西永济市。
[3] 王子晞为尚书，汾阳王郭子仪之子郭晞。郭晞后赠兵部尚书。
[4] 领行营节度使，兼任郭子仪行营节度使。时郭子仪入朝，郭晞在邠州。
[5] 寓军，在非本辖区驻军。
[6] 以货窜名军伍中，行使贿赂，胡乱在军中挂个名。
[7] 日群行丐取于市，每日成群结伙在市上强索财物。
[8] 嗛，qiè，满足。

段太尉逸事状

人手足，椎釜鬲瓮盎盈道上，把臂徐去①；至撞杀孕妇人。邠宁节度使白孝德以王故，戚不敢言②。

太尉自州以状白府③，愿计事。至则曰："天子以生人分公理④，公见人被暴害，因恬然，且大乱⑤，若何？"孝德曰："愿奉教。"太尉曰："某为泾州，甚适，少事，今不忍人无寇暴死，以乱天子边事。公诚以都虞候命某者⑥，能为公已乱⑦，使公之人不得害。"孝德曰："幸甚！"如太尉请。

既署一月⑧，晞军士十七人入市取酒，又以刃刺酒翁⑨，坏酿器，酒流沟中。太尉列卒取十七人，皆断头注槊上⑩，植市门外⑪。晞一营大噪，尽甲⑫。孝德

---

① 把臂，一本作"袒臂"。
② 戚，忧。
③ 段秀实自泾州以官文书禀告邠宁节度使衙门。
④ 生人，生民，百姓。下文几处"人"皆"民"。
⑤ 因，仍旧。且，将。
⑥ 诚……者，如果……的话。都虞候，主管惩治不法者之官职名。
⑦ 已，止。
⑧ 既署一月，（段）代理（都虞候）已一个月。
⑨ 酒翁，酿酒技工。《资治通鉴》胡三省注：酒翁，酿酒者也，"翁"为"工"之借字，不是指老年人。
⑩ 断头注槊上，斩首后把长矛插上。
⑪ 植市门外，竖立在市门之外。即所谓"枭首示众"。
⑫ 甲，穿上盔甲。

震恐，召太尉曰："将奈何？"太尉曰："无伤也，请辞于军①。"孝德使数十人从太尉，太尉尽辞去，解佩刀，选老躄者一人持马，至晞门下。甲者出，太尉笑且入，曰："杀一老卒，何甲也？吾戴吾头来矣。"甲者愕，因谕曰："尚书固负若属耶？副元帅固负若属耶？奈何欲以乱败郭氏！为白尚书，出听我言。"晞出见太尉。太尉曰："副元帅勋塞天地，当务始终②；今尚书恣卒为暴，暴且乱，乱天子边，欲谁归罪？罪且及副元帅。今邠人恶子弟以货窜名军籍中，杀害人，如是不止，几日不大乱？大乱由尚书出，人皆曰尚书倚副元帅，不戢③士，然则郭氏功名其与存者几何④？"言未毕，晞再拜曰："公幸教晞以道，恩甚大，愿奉军以从。"顾叱左右曰："皆解甲，散还火伍中⑤。敢哗者死！"太尉曰：

---

① 请辞于军，请让我到军队中去致辞，讲话。
② 当务始终，当力求全始全终。
③ 戢，jí，约束。
④ 郭氏功名其与存者几何，郭家的功名还能保存多少。"其与几何"是成语。
⑤ 火伍，唐朝兵制，十人为火，五人为伍。

"吾未晡食①,请假设草具。"既食,曰:"吾疾作,愿留宿门下。"命持马者去,旦日来。还卧军中。晞不解衣,戒候卒击柝卫太尉②。旦俱至孝德所,谢不能③,请改过。邠州由是无祸。

先是太尉在泾州为营田官④,泾大将焦令谌取人田,自占数十顷,给与农曰:"且熟,归我半。"是岁大旱,野无草,农以告谌。谌曰:"我知入数而已,不知旱也。"督责益急。且饥死,无以偿,即告太尉。太尉判状,辞甚巽⑤,使人来谕谌。谌盛怒召农者曰:"我畏段某耶?何敢言我!"取判铺背上,以大杖击二十,垂死⑥,舆来庭中⑦。太尉大泣曰:"乃我困汝。"即自取水洗去血,裂裳衣疮,手

---

① 晡,bū,申时,下午三至五时。晡食,晚饭。
② 戒,谕告。击柝,打更。
③ 谢不能,道歉说没有治军之能。
④ 先是,在此之前。唐朝兵制,驻军万人以上置营田副使一人。白孝德初任邠宁节度使时,以段秀实署营田副使,事在段秀实任泾州刺史之前。
⑤ 巽,xùn,谦逊。辞甚巽,话写得很委婉。
⑥ 垂,接近,几乎。
⑦ 舆来庭中,抬到营田官衙门的庭院里。

注善药①；旦夕自哺②农者然后食；取骑马卖，市谷代偿，使勿知③。

淮西寓军帅尹少荣④，刚直士也，入见谌，大骂曰："汝诚人耶！泾州野如赭⑤，人且饥死，而必得谷；又用大杖击无罪者。段公，仁信大人也⑥，而汝不知敬；今段公唯一马，贱卖市谷入汝，汝又取不耻⑦。凡为人傲天灾⑧，犯大人，击无罪者，又取仁者谷，使主人⑨出无马，汝将何以视天地，尚不愧奴隶耶⑩？"谌虽暴抗，然闻言则大愧，流汗不能食，曰："吾终不可以见段公。"一夕自恨死⑪。

---

① 裂裳，把（自己的）衣服撕破。衣疮，裹（农民的）疮伤。注，敷。善药，好药。
② 哺，喂。
③ 使勿知，不使（受伤农民）知道。
④ 淮西寓军帅，从淮西调驻泾州的军队将领。淮西，现在河南省许昌、信阳一带。
⑤ 野如赭，原野像赤土。意思是，干旱十分严重。
⑥ 大人，有德之人。
⑦ 不耻，不觉羞耻。
⑧ 傲天灾，对天灾视如不见。
⑨ 主人，指段秀实。他是泾州当地之官，尹少荣是客军将领。
⑩ 尚不愧奴隶耶，还不愧对奴隶吗？意即对奴隶也该有愧。
⑪ 一夕自恨死，一天晚间自己为此事懊恼而死。据考证，此与事实不符。本文写于元和九年（814年），事情发生于四十余年前，焦令谌之死，调查不确。

段太尉逸事状

及太尉自泾州以司农征①,戒其族②:过岐朱泚幸致货币,慎勿纳③。及过,泚固致大绫三百匹;太尉婿韦晤坚拒,不得命④。至都,太尉怒曰:"果不用吾言!"晤谢曰:"处贱,无以拒也⑤。"太尉曰:"然终不以在吾第⑥。"以如司农治事堂⑦,栖之梁木上⑧。泚反,太尉终⑨,吏以告泚。泚取视,其故封识具存⑩。

太尉逸事如右⑪。

元和九年月日,永州司马员外置同正员柳宗元谨上史馆⑫。今之称太尉大节者,出入以为武人一时

---

① 以司农征,被征召作司农卿。司农卿,主管储粮和供应国家用粮。
② 戒,告诫。戒其族,告诫他的家属。
③ 慎勿纳,千万不要收下(岐州)朱泚送的财物。朱泚,时为凤翔尹。后来叛唐。
④ 不得命,得不到允许。即推辞不掉。
⑤ 处贱,我处在卑下的职位。
⑥ 不以在吾第,不把这些大绫留在我家里。
⑦ 以如司农治事堂,把大绫送到司农卿办公的地方。
⑧ 栖之梁木上,安放在房梁上。
⑨ 终,死。(为朱泚所杀害。)
⑩ 故封识具存,原先包装标记一点没动过。
⑪ 如右,如右边所写。以前竖行书写,自右而左,先写出的在右边。
⑫ 永州司马员外置同正员,此为柳宗元自陈身份。"员外置",指在定员以外设置的官,其地位待遇同正员一样。永州司马属于"员外置"。谨上史馆,就是把以上的事情写出送给国家修历史的机构。

奋不虑死①,以取名天下。不知太尉之所立如是②。宗元尝出入岐、周、邠、斄间,过真定,北上马岭,历亭鄣堡戍,窃好问老校退卒,能言其事。太尉为人姁姁③,常低首拱手行步,言气卑弱,未尝以色待物④。人视之,儒者也。遇不可,必达其志,决非偶然者⑤。会州刺史⑥崔公来,言信行直,备得太尉遗事,覆校无疑。或恐尚逸坠未集太史氏⑦,敢以状私于执事⑧。谨状。

---

① 出入,不外乎。下文"尝出入岐、周、邠、斄间"的"出入"是"来往"的意思。
② 所立,意思是在平时立身行事上的表现。
③ 姁姁,xǔ xǔ,和悦的样子。
④ 以色待物,用不好的态度对人。色,这里指怒色。物,人。
⑤ 遇不可,遇到自己不以为然的事。这几句是反驳上文"一时奋不虑死"的说法。
⑥ 会,适逢。州刺史,本州(永州)刺史。
⑦ 或恐尚逸坠未集太史氏,意思是恐这些事迹散失,还没有收集到史官那里。
⑧ 敢以状私于执事,把这些写成行状私下送给您。敢,敬词。执事,指史官韩愈。

图书在版编目（CIP）数据

柳宗元文 / 胡怀琛选注；刘兴均校订. —北京：商务印书馆，2018
（学生国学丛书新编 / 王宁主编）
ISBN 978-7-100-16051-3

Ⅰ. ①柳… Ⅱ. ①胡… ②刘… Ⅲ. ①古典散文—散文集—中国—唐代 Ⅳ. ① I264.2

中国版本图书馆 CIP 数据核字（2018）第 080516 号

权利保留，侵权必究。

学生国学丛书新编

柳宗元文

胡怀琛　选注

刘兴均　校订

商　务　印　书　馆　出　版
（北京王府井大街 36 号　邮政编码 100710）
商　务　印　书　馆　发　行
北京市艺辉印刷有限公司印刷
ISBN 978 - 7 - 100 - 16051 - 3

2018 年 7 月第 1 版	开本 787×1092　1/32
2018 年 7 月北京第 1 次印刷	印张 5 5/8

定价：25.00 元